親の計らい

曽野綾子
Ayako Sono

JN284338

まえがき

「親の計らい」などというものを感じる子供は、近年少なくなっている。

実は、親の計らいを感じる能力というものは、決して教育の程度や知能の高さによってつくものではないのである。それは、その人の或《あ》る種の才能によるのだと言う他はない。

第一の要素は、その当人の人間観察の能力の程度にかかっている。親のみならず、人間関係というものは、いちいち相手に、「これこれのことを君にしてあげるよ」とはあまり言わないものだ。それは体の不自由な人が階段を降りる時、実は痛みを覚えたり、落ちやしないかと不安を感じたりしながら黙っているのを、傍《かたわ》らからそっと見守るような人間関係なのである。

その黙して語らぬ気持ちの流れを、理解するかどうかは、あくまで当人の資質である。

ほんとうは、人間は歩き方、喋り方、靴の脱ぎ方、買い物の仕方、犬や猫のあしらい方、スープの飲み方などにも、その人の生活は現れるものだろう。それがまた無限におもしろい。それらの特徴は、しかしいい悪いの問題でもない。確かに下品な振舞いは見ていてもいやなものだが、反対に上品に振る舞うことしか知らない人がいたら、少なくとも私はその人を敬遠したくなる。だから根本はあくまで、その人が、複雑で深い人間的な心に溢れているかどうかなのだ。

第二の要素は、その人（立場としては子供）が、優しい性格であるかどうかだ。優しければ、親が自分に残酷な扱いをしてもなお、子供は親を労《いたわ》る。私は不断、無感動に暮らしているのだが、子供の運命を踏みにじるような振る舞いをする親に対してもなお優しくする子供を見ると、涙が込み上げることがある。私なら、あんな親、さっさと見捨ててどこかへ出て行ってしまうのに、と思っているからだ。

親というものは少なくとも二十年くらいは年が離れているものだから、子供はその気持ちを、未熟さのゆえに察しられないことが多い。少なくとも私はそうだった。自分では幼い時から苦労して来た面もあると思っていたけれど、年を取って見なければ理解できない人生の局面の意味というものはたくさんあった。私もまた、多くの人並みに、全く後になって、親や、恩になった人たちが亡くなってしまってから後に、その深い、屈折した意味を理解したのである。

しかし、それでいい、それで普通だ、と私は別に反省してもいない。しかし少なくとも私より早くそのことに気がつく人がいたら、その人の人生は、私より成功している、ということだけは言える。

曽野　綾子

二〇一三年　春

親の計らい

目次

2 「子どもの才覚」を養う　59

8　親離れ、子離れ　249

1 教育はすべて強制から始まる

●私を学習させたきっかけ

子供の時に、母は私に毎日曜日に作文を一つ書くことを「強制」した。子供が自発的にしなければ、教育はだめだ、というのも一面でほんとうだが、初めは強制がこうして効くこともある。私は日曜日毎《ごと》の作文「ノルマ」がいやでいやでたまらなかった。が、とにかく母が恐ろしいので続けているうちに、次第に書くことが楽《らく》に楽《たの》しくなってきた。「楽」と「楽しい」という単語が、音は違うのに同じ字だということは、考えさせられることだ。人はたぶんタノシクなければやらず、同時にラクでなければタノシクないのだろう。初めは強制だったが、読書が書くことの中心に位置する哲学(のようなもの)を見つけてくれたし、表現というすばらしい世界の技術も教えてくれた。

もっともこうした問題に関しては、私は古代ローマの思想家として知られるエピクテトスの言葉が一番心にぴったりくる。

「行動のうち、あるものはすぐれているからなされ、あるものは事情に応じ、またあるものは秩序の関係上、あるものはいんぎんから、またあるものは世の習いでなされる」

つまり、どうしてある大人または子供がそのことをするかなどということには、あんまり単純な答えを出しなさんな、ということである。

「ただ一人の個性を創るために」

母が私を、自由に手紙で自分の意思を表せるような女性にしなければと思ったのは、二つの理由からだった、と聞いている。

一つは、恋文がうまく書けるように、という気持ちであった。大きなお世話と言いたいところだが、考えてみれば涙が出るほどの親心である。

もう一つの理由は、将来私が食い詰めた時の用心であった。今に私が結婚し、その夫が失業して食うに困る時もあるかもしれない。すると私は万策尽きて一家心中など考えるだろう。何しろ生活保護などという制度は全くなかった戦前なのだから、食べられなくなったら、上野駅前や数寄屋橋《すきやばし》の橋の上で乞食をするよりほかない。

しかし実際に自殺を決行する前に、母は私に二つのことをしてみるようにと真顔で言った。まず事情を縷々《るる》説明し、人に憐《あわ》れみを乞《こ》い、何とかして金を恵んでもらうことである。それには、いかに自分たちが一生懸命やってきたのに運命に見放されたかを、他人の心を打つように説明できなければならない。

もう一つの一家心中決行前の解決策はかなりユニークなものだったが、ことのついでに述べる。どうしても食べられなかったら、母は私に「死ぬ代わりに盗みなさい」と言ったのだ。ただし盗みは、盗まれる人に非常に迷惑をかけるものである。「だから店頭ですぐ見つかるように盗みなさい」と母は言った。すると私はその場で取り押さえられ、盗もうとした品物は店の主人に返されて実害は出ない。私は警察にしょっぴかれ、事情がわかれば、取り調べ中でも、食事は与えられる。こういうシナリオなのである。

私の場合、母の強制が、後の私の人生を創ることになった。有無を言わさぬ作文教育がきっかけで、私はやがて書くことが好きになり、ほとんどこの道以外に自分らしく生きて行く方法はないだろう、と思うまでになった。小学校六年生の時、すでにそうだったのである。

もちろんすべての子供に強制すればいいというものではない。しかし私のような受け身の性格には強制が効いたのだ。もちろん他の偶然もある。私自身の性格や、戦争や、他の要素がそれに加わった。それにまた、私が小説家になったこと自体がよかったことか、悪かったことかわからない、と言えばそれまでなのだが、少なくとも私はいやいややり始めて、やがてそのことが大好きになった。

そう思って子供の頃のことを考えてみると、私の場合、私を学習させたきっかけは、驚くべきことに、すべて強制的な力を持っていたものであった。

「ただ一人の個性を創るために」

強制に始まった教育は、次第に自然に、二つの道を辿《たど》る。いやになって止める人と、だんだんおもしろくなる人とである。奉仕活動も全く同様である。少しやってみて人のために働くようなアホらしいことはごめんだ、と思えば、いつでも止めるチャンスはあるのである。人のために尽くすということは、なかなか気持ちがいいものだな、と思えば続ければいいのである。

教育の場でかなり重要なのは、奉仕活動の場合でも他の場合でも、いささかの厳しさを体験することである。食物でも苦みや硬さなどという、一見避けたいような要素が人の健康に必要だということになっている。苦みは内臓にいいと漢方では言い、硬さは顎の発達に必要と言われている。しかしそんな学説より、マーマレードが全く苦くなかったら気の抜けたような味になるだろうし、お煎餅の硬さは歯応えとしておいしく思えるのである。

「ただ一人の個性を創るために」

●なぜ、裏表のある子供に育てるのか

息子がまだ幼かった時、彼は総じていい担任の先生方に恵まれ、のんびりした暮らし方をしたが、ただ一人だけ性格の合わない先生に出会ったことがあった。しかしその先生も私からみると決して悪い方ではなく、むしろきちんとした理論を通す方だったと思う。

息子はその先生から、ある時、「裏表のある性格だ」と言われたのである。だらしがない、とか、頑固だ、とかいう注意なら、私は思い当たる節が多かったのだが、息

子は年齢相応に幼い。どういう裏表があるのだろうか、と私は少し緊張して父兄の面接に出かけた。すると息子の裏表というのは、先生にものを言う時と、友達に話す時と、言葉遣いが違う、ということだった。

違うのが当たり前で、我が家では、違うことを子供にも要求してきたのである。それが敬語というものであった。

（中略）

裏表を持つということは、つまり大人になるということだ。あるがままの自分を保持するだけで許されるのは、赤ん坊の時だけである。大人になれば、常に裏表を持ち続けなければならない。うちで怠けていたい時でも会社に行かねばならず、会いたくないと思っている人にでも摩擦を避けるためならにっこり笑顔を見せる必要もある。こうした自己の中の二重性は、できるだけ早いうちから開発して、あるがままの自分と、あるべき自分との使いわけが自然に行なえるように、訓練しなければならないのである。

「ただ一人の個性を創るために」

日本人は裏表のある国民だという人がいるのは、我々が押入れというものを持っていて、そこに何でもかんでも乱雑に突っ込んでおき、ぴしゃりと襖《ふすま》一枚閉めれば、中は何も見えないということが可能だからである。（外国にも押入れのようなものはあると思うが）しかし実生活の上では、それほどうまく行っていない。

日本人は敬語という、裏表精神の見本のような表現をかつて持っていた。当人の前では、敬って喋《しゃべ》り、裏へ回って「あいつが、あんなことを言いやがって」とけなすのである。それなのに、今の若い、あるいは幼い子供たちで、敬語をちゃんと使えるのは、全体の何パーセントに当るだろうか。敬語というものは、学校ではなく、親が教えるもので、子供が敬語を使えないということは、親がいかにPTAママでも、本質においては、子供を教育していないことの証拠のように思える。

子供に裏表があることが悪いことだ、という考え方が、教育の一部にあるようだけれど、私はとんでもないことだと思う。貴族の生活なら、生まれてから死ぬまで、くずすということをしない生活を躾《しつけ》られるだろう。しかし、我々庶民の生活では、幸福にも、それをしなくても済む。そこがつまり庶民のしあわせというものなのである。家にいてまったくの個人に還る時には居汚《いぎたな》く服装をくずし、言葉をくずし、生活をくずす。しかし社会と接触する時は、虚栄心のためであれ、礼儀のためであれ、その人の美学のためであれ、他人に対する優しさのためであれ、ぴんと緊張して、表の部分を作るのである。

家では、テーブルにヒジをつき、週刊誌を見ながら、ずるずる音をたててラーメンなど食べたいではないか！　しかしいったんひと中に出たら、あまり他人に不愉快を感じさせるような食べ方をしてはならない。家にいる時は、家族でどれほど野放図《のほうず》な喋り方をしても、外へ出たら沈黙がちになった方がいい。

私は、子供にも、際限なく深く裏表のある人間になって欲しいと思うのである。裏表のない人間という言葉は、本来は宗教に起因した美学から出たものである。誰にも見られなくとも、神を常に意識し、神に向って、強烈に自分自身を晒《さら》し続けて生きることだけが、本当に裏表のない人間ということである。心と言葉、心と行為がまったく同じ単純人間など美しくもなければ、偉大でもない。

或《あ》る人が、私に向って、フランス人というのは、日本人に考えられないくらい、狡《ずる》賢《がしこ》い人種で、日本人なんかそれと比べたら人のいいものです、と言ったことがあった。それは恐らく、日本人は他人をダマクラかせばそれで成功した、と思えるからなのだが、フランス人は長い長い年月の間常に神をだまかして来なければならなかったからなのである。

裏表を意識し、その実態を知る時、子供たちは改めて人間の哀しさと優しさを知るであろう。その長い迷いの後に、明確な裏表の何を意味するかを知りつつ、それに従う時、彼は初めて精神を持った「人間」になる。

「あとは野となれ」

大人になるということは、せめて裏表くらい作れるということだ。大人になっても態度に、正当な理由のある裏表もないような人間は、成熟していないのである。「ぶっ殺してやりたい」と思っても、実行しないのが、まともな大人ということだ。煮えくり返るほどの怒りがあってもそれを抑える。それが態度に裏表を持つすばらしさなのである。

「人生の原則」

私はあなたに昔から、徹底して裏表のある態度を要求して来ました。今は知りませんけれど、昔あなたはいつも自分の部屋をとり散らしている時代があって、私が注意すると、あなたは「ボクはボクの部屋が汚くてもいいんだ」と言ったのよ。それで親としてはそれに対抗しなければならないから、「こんなことじゃ、よそのうちに泊りに行った時、相手に迷惑をかけるじゃない」と言い返した。そうしたらあなたは、「よそへ泊まりに行った時はきちんと片づけるよ」と脹《ふく》れっ面をして答えた。それで私は、それでいい！　と思ったものです。

ほんとうは人間は言行一致、表も裏もないのがいいのだろうけれど、実際問題としてそんなことをしていられません。その代わり、充分に裏表を使うべきなんです。

「親子、別あり」

●敬語を使えない親は、意識としつけの上で貧しい

敬語は他人に対する基本的な姿勢と密接な関係にある。敬語は語学技術の成果では

ない。私たちが人に深い尊敬や感謝を根底において持っていれば、私たちの態度の中には、自然に相手を大切に思う気持ちが滲《にじ》み出る。それが敬語である。

また敬語は、学校の教師に訓練を委託するものではない。教師が生徒に向かって、

「先生には、ていねいな言葉を使うのよ。先生には『おっしゃいました』とか『いらっしゃいました』とか言うのよ」

などと言って訓練できるものではないのである。それは母親が、うちで常日頃から、

「先生はどうおっしゃってる？」

とか、

「先生は今日どこへいらっしゃったの？」

とかいう表現をすることで、訓練する分野なのである。

それなのに多くの母親が「○○先生、今日は、学校に出てきた？」とか「先生にこないだ言っといたのにね」という程度の喋《しゃべ》り方をしている。

もし敬語が使えない、という自覚のある親がいたら、その人は相当に貧しい教育を受けた、と考えてもいい。たとえ大学を出ていても、である。金銭的に貧しいのではない。意識としつけの上で貧しいのである。

「二十一世紀への手紙」

最近は、親が敬語をきちんとしつけることができなくなりました。親自身が、何でもかんでも「してあげる」に慣れっこで、謙譲語も尊敬語もでたらめになっている。親が子供に何かをする時には、「してやる」と言わねばなりません。犬にお菓子をあげるというのはまちがいで、犬にはお菓子を「やる」のです。いちいち目くじら立てなくていいのかもしれませんが、子供に話し方を教えられない、ひいては言語生活がめちゃめちゃになるのは、位置関係が乱れてしまっているということなのです。

「人間の基本」

●体罰の条件

子供は口で言い聞かせてもなかなかすぐに言うことを聞く訳ではない。だからうまくいかないのです、と多くの母親は言う。

そのためにこそ、体罰というものがあるのである。

日本が戦争に負けてから、しつけの基本にある体罰というものが、全くなくなってしまった。日本の軍隊は何かというとぶん殴り、そのような空気が大東亜侵略の思想と日本の軍国主義を支えたのだ、という考え方なのであろう。

体罰について、我々ははっきりと、それを受ける人間の立場と与える側の条件を考えなければいけない。体罰は、兵隊にとられるような一人前の——つまり言語による意志の疏通が行われ得る者同士の間で採用されるべきものではないのである。

第一に体罰の受け手は、まず言語的に未成熟な年齢でなければならない。第二に、体罰の与え手は感情的な報復を以《もっ》てそれをしてはならない。この二つは厳密なルールである。従って、子供が言葉によって事物の認識をできる年頃になったら、もう体罰は有害なだけで何の効果もない。軍隊、或いは夫婦などという成人同士の人間関係を、暴力＝体罰で片をつけようとするくらい、愚かしいことはないのもその理由からである。しかし言語の未発達な時代には、母親は子供を抱きしめてやり、同時に体罰を以てきっちりと、この世で許されないことには拒否反応を示すように教えねばならないのである。

もっとも息子が高校生くらいになった時、或《あ》る日私は言った。

「かっとして、ぶっちゃいけない、落ちついて、頬っぺた引っぱたくのがいいんです、なんて人には言ってたけど、実は、かっとしてぶったわね。親だって腹が立つもんね」
「ま、そうだろうな」
息子は笑っていた。

「絶望からの出発」

●「いやいや」の状況から学べること

自分にはどうしてもできないこと、どうしても嫌いなことがある、ということを発見するのは、偉大な幸運なのである。

人はあらゆる場所と状況から学ぶ。積極的に選んで学ぶこともしばしばあるが、いやいややったり、逃げ出したりしたいほど辛い状況の中からも学ぶ。その度に自分の道はこれしかない、という選択が見えてくる。

「ただ一人の個性を創るために」

●社会のルールに従う癖をつける

私は小学校から高校まで、「それをすると決められた場所以外で、それをしてはならない」と学校で厳しく教えられた。

トイレは社交の場ではないのだから中で喋ってはいけないし、廊下は移動する場所なのだから、やはり騒いではいけない。

食事は、食事の時間に食堂でする。それ以外の時と場所で、ものを食べてはいけない。とは言っても、複雑な社会は食堂と名のつくような場所に入って食べる暇もない人々を作り出した。そこで人間は略式の場を多く考え出した。座ってコーヒーを飲む暇がない人のために、立って飲めるテーブルやカウンターを考え出した。しかしそれでも場所は決められていると言っていい。

犬や猫でさえしつけが大切と言われる。人間にもすべきだろう。

テーブルマナーに関しては、後年私はあまりにも日本人がこういう礼儀をしつけられていないのに、驚き続けて来た。ホテルマンとして長年働いている人でもスープを音を立ててすすったり、サラダのお皿を持ち上げたり、ナイフを口に入れたりする。外務省の人でも必ずしも正しい食べ方をしているとは限らない。

これは英語を学ばせる時に同時に教えるべきことだが、今の英語教師たちは、こうした最低限のルールも知らない人が多いのだろう。と同時に私は、日本人が茶席でお薄《うす》を頂く時や、お蕎麦《そば》を食べる時に音を立てることなどに、適切な注釈をつけて堂々と日本の伝統を守りたいとも思っている。礼儀というのは、半ば合理性、半ば非合理性の合わさったものなのだ。

当時の私は、えいっとばかり人の前まで手を伸ばして塩の瓶などを取っていたが、その度にコワイ上級生から「ウッジュー・プリーズ・パース・ミー・ザ・ソルト（お塩を回してくださいますか）」と言え、と叱られた。こういう場合は人を煩《わずら》わせることが礼儀なのである。

「なぜ子供のままの大人が増えたのか」

●どんなに小さくてもしつけておかなくてはいけないこと

子供は果して「純真」なものだろうか。私は子供は「純真」である面もあるだろうが、子供が「純真」なのは当り前だし、そのような「純真」さは適当な形で早く脱皮してもらわねばならぬ、と思っている。子供がお人形の首がもげたと言って泣く。何という純粋な気持だろう、とは私は思わない。世の中には、人形の首がもげた時には泣く癖に、人間の首がもげるに等しいことが行われている時にも、それに気づかず、また、気づいても平気という不思議な人もかなりいるのである。人形の首などはいくつとれてもかまわないが、人間の首だけは一個でも、もげることがあってはいけない、ということを冷静に考えるには、そのような、単純な甘い「純真」さなどでは片がつかないことばかりなのである。

また、子供は無邪気にふるまわせなければ、というが、それも、時と場所とを選ぶ。子供だからと言って、いつでも無邪気でいいということはない。

もちろん、子供には思い切り走り廻らせ、落書きをさせ、大声で歌を歌わせ、かけっこをさせねばならない。しかし他人の家でいたずら書きをさせ、場所をかまわず走り廻らせていい、ということではない。どんなに小さくとも、それをわきまえさせるのが、しつけ、というものである。

「絶望からの出発」

家庭のしつけの最大のものは言葉遣いである。戦後の民主的な教育なるものは、何《なん》人《ぴと》も人権上平等だからあえて尊敬する必要はない、という、実に貧しい人間関係を作った。（中略）

いきおい生徒に向って、自分に対しては敬語を使えなどということを毅然として言える先生はなくなった。生徒は家庭で、親たちが先生に対して尊敬を抱いてないことを知っているから、もしかりに先生が学校で敬語教育をしようとでもしようものなら、たちまち総スカンを食うであろう。

「どうして、先生に敬語使わなきゃ、いけないのさ」

まさに子供たちは正しい点を衝《つ》いているのである。敬語の背景には他人に対する根源的な尊敬をこめた関心、自分の能力に対する謙虚さといったものが必要とされる。

敬語が使えない親には二つの理由がある。一つは高慢な人である。もう一つは不勉強な人である。そして親が敬語を正しく使えない限り、子供は決して自由にそれを使いこなすことはできない。

「絶望からの出発」

一九五〇年代、無着成恭《むちゃくせいきょう》さんの『山びこ学校』がベストセラーになり、映画化されるなど大変な人気を博しました。無着さんはある時、こんな意味のことを言われたんです。

「いやぁ、子供って、すばらしいもんだ。先生、ドアから出入りするとは知ってたけど、窓からも出入りできるんだね、って言うんですよ」。つまり、子供たちの思うままの行動に大人の自分が教えられたというのです。

しかし、出入り口と窓とでは約束事が全く違います。出入り口の機能はその外側に一応安全に通行できる平面があることですが、窓にはそれがないので、そのまま下に落っこちることだってある。日本では車は左側通行でアメリカでは右側通行、海上で船は右側通行と決まっていて、そこで子供みたいに自分は逆から行ってもいいだろう、ということになったら、たちまち事故を起こして社会に迷惑を及ぼします。

表面上は世間の便宜的ルールに従うとしても、心の中の哲学的な深い部分で反逆するなら、それはそれでなかなか味のあるいい生き方です。しかし、世の中の約束事を教えないままに子供のやり方を何でも認めるとなるともう滅茶苦茶です。勝手気ままな行動をする前に、窓から落ちたら死ぬよ、と言って笑い合えたらそれこそが教育なのであって、何でも自由に思った通りをもてはやすのは間違っている。その子の将来にも悪い影響を与えます。

「人間の基本」

●「高貴な魂を持った人間」

教育は、子供がターザンではないようにするために行なうのだ。自分の個性を保ちつつ、私たちは自分を矯《た》め、伸ばし、辛い時にも微笑み、やりたくない時でも我慢して持続する力をつけ、嫌いだと思っていたことの中におもしろさを見つけるために、教育を受け、独学をする。ありのままで居続けることがいいなら、学校教育もやめたほうがいい。

「ありのままの自分でいる権利」を保障してくれるなら、今後、「ひきこもり、フリーター、ホームレス、楽しみで人を殺してみる子供たち、ボウガンで鴨《かも》を射る少年、爆弾造りを趣味とする青年、万引き、ストーカー、麻薬、レイプ魔、無断外泊、エンコウ、恐喝」はますます増えるだろう。

何よりも一番増えるのは「いじめ」に違いない。はっきりしておこう。これらの欲望はすべての人の心の中にある。しかし、ありのままではなく、厳しい教育によって、それが社会の中でどれほど醜悪で取り返しのつかないものか、そして動物ではなく「高貴な魂を持った人間」になるためには、それを乗り越えて、どれほどにも人工的に鍛えた自分を形成しなければならないかを知るのである。

「ただ一人の個性を創るために」

二〇〇〇年に、私が教育改革国民会議の委員をつとめた時でした。私も提言者の一人でしたが、他の委員の方々のようにアイデアがたくさんはなくて、ただ一つ提案したのが「一年間の国民総動員奉仕活動」でした。

簡単に言うと、高校を卒業する齢の十八歳になったら全員を奉仕活動に従事させることです。動員とは言いますが、できるだけ個性は活かす。園芸に興味があれば園芸を手伝わせる、お年寄りの面倒を見たいなら施設に派遣する、何でもいいからできるだけ本人が望むような奉仕活動をさせる。その目的は、若者に「他に与える」生活を経験させることでした。

聖書は「受けるよりも与える方が幸いである」と教えますが、私はそれを少し変えて「受けて与えるのは幸いである」、「人間は多く受けて多く他に与えることができたら、たいへん光栄だ」と考えています。

若者から携帯電話を取り上げて、決めた番組以外は原則としてテレビはなし、皆で同じ物を食べる共同生活を強制的に一年間させる。軍隊で兵器の扱いを教える徴兵とは性質も目的も全く違います。軍隊に関心があって色々覚えたい人がいたら自衛隊に預けてもいいでしょうが、あくまで徴兵ではありません。

ある程度の反対は予期していましたが、私の提案は猛烈な批判を浴びました。教育は自発的であるべきで、絶対に強制すべきではない、という反対の大合唱でした。

しかし、教育が自発的であるべきだというのは異常な感覚で、教育はごく初期の幼児期のものと、いくつになっても初めてやることに関しては全部強制の形を取ります。もし私がこれから三味線を習うとしても、最初は持ち方から弾き方まですべて強制で、それは気に食わないから私流に弾きたい、というのは大間違いです。けれども話はまるで通じませんでした。とにかく「強制はいけない」の一点張りですから。私はすぐに引っ込めました。

若者の命が大事であること、さまざまな可能性を秘めていることは言うまでもありません。だからこそ大人は、いずれは自分よりよっぽど大物になるかもしれないという畏《おそ》れを持ちながら、いとおしんでその才能を育てればいいのです。ただし、若者には若者の立場があるから強制はいけない、という考え方では脆弱《ぜいじゃく》な人間しか育ちません。

母はずっと離婚しようとか自殺しようとか考えていたようですから、キリスト教の学校に入れたのは、娘に生きていく力を与えたい、心の中心的な基盤をやりたいと思ったんでしょう。縁組とか血縁とか外からの支えでなく、内にある支えが要る、とわかっていたのだと思います。

「この世に恋して」

イタリアにいる日本人から聞いた話では、入会した修道女たちの卵に、まずどこか有名な大寺院《ドウオモ》の前などで乞食をさせる修道院があるそうです。シスターの中には貧しい家の娘さんや、両親のない人もいますが、中産階級か上流階級の生まれで、日々の衣食に困ることもなく、知性も教養も学歴もあって、もちろん他人に物乞いした経験などない人がほとんどです。しかし、それが当り前の自分だと思うと間違えるから、あえて乞食をさせるというのです。つまりあらゆる現世の状況をはぎ取った地点を知って、神と人に仕えよ、ということなんでしょうね。

私は、人間を育てるにはそういう発想が必要だと思います。人間の基本から叩いて叩き潰してから、人間としてスタートさせる。それこそが教育が与えられる強みだろうと思いますし、そうでないと修羅場を乗り越える力も、それより以前に、自分で物事を考える習慣も身につきません。

「人間の基本」

●「読み・書き・話す」という重大な機能

日本人の一般の若者たちが「読み、書き、話す」という三つの重大な機能を失いつつあることは、その国の文化が消滅しかけていることでもある。シンガポールの中国系市民の中にも、英語も完璧ではなく、中国語は喋れても十分に書けない、という、つまり何語も完璧でない人たちがいた。

まず喫緊《きっきん》の仕事として、子供たちに作文教育を厳しく行うことと、まともな文章によるものごとの表現（礼の手紙を書くとか）の習慣をつけるべきなのだが、肝心の先生たちの表現と読書の能力が劣っている場合は救いようがない。

「私日記7　飛んで行く時間は幸福の印」

私の学校時代を振り返ると、小学校に上がったときからド近眼で、体操の平均台なんてよく見えない。一年の成績が甲乙丙丁の四段階でほとんど甲でしたが、体操と作文だけは乙だった。母は体操は気にしなかったけれど、作文が書けないのはいけないと作文の家庭教師を探してきました。

その大学生の家庭教師から一年間教えていただいたことは、不思議とよく覚えているんです。その一つは、ただ紙に向かっても書けない、書こうとするものがはっきり見えてから鉛筆を持ちなさいということでした。

次に、文章は推敲《すいこう》である、練り直さなければいけない。一切書き直さないという伝説がおありだった三島由紀夫さんのような方もいるかもしれません。けれど、通常の人間は推敲しなければならないと徹底して教えられました。

家庭教師の後、六年生まで母の作文教室が続きました。日曜ごとに一つの作文を書かないと外出もさせてもらえない。いやでしたねえ。長くなくてもいいけれど、一つ書くと母が添削する。書くことのドリルをやらされたのです。

この特訓で、小学校の終わり頃にはもう自由自在に日本語が書けるようになりました。今では表現力というものはもっとも平和的な武器だと思っています。どんな職業どんな生活を送るにも、過不足ない表現力さえあれば人はそれぞれに適した場所で働くことができるし、ときには意外な力を発揮することさえあるんです。それを今の教育は気がついていないらしいのですが、残念なことですね。

「この世に恋して」

●「うちはうちだ！」の思想

私は育ちのせいで、いつも少し禁欲的であるべきだ、と感じていたから、お金ができても、長い間テレビも買わなかった。当然、幼かった息子はそれに文句を言った。「何ちゃんのところも、何君のうちにも、テレビはあるよ」というわけである。しかし私は、「あなたが自分でお金を儲けて生活するようになったら、チャンネルの数だけテレビを買って自由に見なさい。ここは親の家ですから、私たちの自由にします」と取り合わなかった。そして「人のうちにはあって、うちにはないものもあります。人のうちにはなくて、うちにはあるものもあるんだから」とつけ加えた。

単純に言えば「うちはうちだ！」なのである。誰の家にも、この思想があって当然だ。今を流行《はや》りの言葉で言えば、一人として完全に同じＤＮＡの配列を持つ人がいないとすれば、当然生き方の好みも違って当たり前なのである。（中略）
基本から自分で考え、「うちはうち」「自分は自分」を持することができるようになることは、ほとんど教師の教育によるものではなく、家庭の思想によるものだ、と私は考えている。

「ただ一人の個性を創るために」

息子はやがてテレビのない生活が少しでも困るどころか、爽《さわ》やかであることを知るようになった。彼は運動をし、夜になると勉強もいやなので時間をもてあましていた。自然に彼は本を読み始め、親たちと話をした。私たち親子はテレビがないから食事の間も喋りまくった。会話のない家庭などというものは、想像できなかった。
高校生になると、私はもうテレビを禁じはしなかったが、彼はテレビに溺れるということはなくなっていた。本の方がはるかにおもしろい、ということがわかったからである。彼が高校二年生の時、私の家に強盗が入った。刑事さんの一人が何日か後に私に言った。

「事件があるとよくいろんなうちへ現場検証に行きますけど、今どき、息子さんの部屋にテレビないうちって珍しいですねぇ」

珍しくても珍しくなくてもいい。うちにはうちの生活の好みがあっただけである。ついでにふれれば、子供にとって退屈という時間は実に大切である。何をしていいかわからなくなった時に、子供は初めて自分が何をしたいか考える。しかしテレビは麻薬のように、次から次へと変化を与え、しかも当人は何をしなくてもいいのだから、子供は決して心から、自分の心を探ることができないのである。

「絶望からの出発」

「頭のいいお子さんで、お母さんもお楽しみです」

と先生は順子にそう言った。ひねくれて考えれば、マッサージ師になるつもりの盲目の子なら、どれほどか頭のいいことが必要であろう、とも言いたくなる。しかし順子はやはりそう思わなかった。頭がいいということは楽しい。頭のいい子供と話すのは、心の慰められることである。半分は亡くなった子供の代わりに、子供が欲しくて嫁いで来た自分であることを思えば、直彦の頭がいいことは本当にありがたかったと思わねばならない。

直彦の母になってから、子供に関して明るい喜びを述べてくれたのは、今迄《いままで》に尾形先生が初めてだった。順子の母にせよ、友達にせよ、直彦のことを話す時には、本人のいない所で、盲目の子をひき受けて、どんなに大変だろう、という同情の仕方しかしない。

「花束と抱擁〈むなつき坂〉」

ブリューゲルという人は、徹底して、この世を幸福な場所とは思っていなかったようです。そして、子供たちさえも、純粋無垢な存在とは認めず、既にもう一種の利己主義と残酷さの塊であり、将来はなお我欲と淫らな欲望と狡《ずる》さにおいてその才能を見せるに違いない大人の予備軍としてしか見られなかったのかもしれません。

その夜も、私たち夫婦は、夕食の食卓につきました。

「考えてみると、私たちは幸福だったんですね」

と私は言いました。

「何が」

と主人は聞きました。

「だって円《まどか》は、頭がよくないおかげで、人を殴ったり、火をつけたりするようなことだけはせずに一生を送るでしょう。あなたも、こいつは自分の手で殺しておかなければ、と思うようなことはないでしょう。それだけでも円は親孝行だし、円の生涯は大成功じゃありませんか」

主人は黙っていました。

世間には「比べてみると」、ということがあります。私の家庭に灯を灯してくれているのは、やはり円なのです。


「ブリューゲルの家族」

●道徳とは思いやり

道徳というのは他人を思いやることである。それができていないのは驚くばかりだ。電車に乗ってみれば、席を詰めもせず、何となく二人分の座席を占領して、平気な顔をしている男女を見ない日はないだろう。義務教育が終わっていても、まともに電車の座席にも坐れないのである。こういう人たちの親や教師は何をしていたのかと思う。

「二十一世紀への手紙」

国家が許しても、個人が自分に許せないことはたくさんあって当然だ。法律は最高の道徳だという見方もあるが、最低の徳に過ぎないとも言える。法にひっかからなくても、その人が人間としてすべきでないこともたくさんあるはずだ。

たとえば親に対する態度である。体が不自由になったり、痴呆《ちほう》の症状が出たりした親を引き取らねばならない、という法律はない。しかし人並みに暮らしている息子や娘が、もし自分の生活だけをエンジョイすることを考えて親を放置し、安い老人の施設に送りこんでろくろく見舞いにも行かないということになれば、それはやはり人間としてするべきことをしていない、失敗した人生を送っていることになる。犯罪ではないかもしれないが、その場合の法の持つ力は最低の徳でしかないということを示している。

人並みなことをしていては、人並みかそれ以下にしかならない。もちろんそれでよければ、努力などという野暮《やぼ》なこともしない自由も残されている。しかしその場合には運命に不平を言わないことだ。それだけの努力しかしなかったのだから、それだけの結果しかもらえなかったのだ。日本は公平な国なのである。

「ただ一人の個性を創るために」

学齢以前の幼児にも公衆道徳の感覚を植えつける、ということは、実は単に、ゴミを散らかすと汚いからとか、芝生にはいってはいけないものだ、などということ以上に、人間形成の上に重大な意味を持つのである。

第一に、ゴミをどこへでも捨てるということはいけないことだ、というような具体的な禁止事項を通して、幼児は他者の存在を認識するのである。

もしかりに、一人の子供が狼少年のように、森の中で一人で一生を過すなら、彼には他者の存在を考えることは一切不要なのである。総《すべ》て欲望のおもむくままに、動物的本能を満たして行けばよい。しかし、私たちは必ず、人間社会の中に住んでいるのである。そこでは、自分一人では、とうてい手に入れて来られないような文化の恩恵にも浴せると同時に、自分の欲望も常に或る程度、おさえねばならない。どんなに面倒くさくても、他人に不快を覚えさせない程度に体を洗ったり、衣服を着たり、立ち居ふるまいについて抑制したりしなければならない。立小便をすることは、或る意味では爽快なことに決っているが、立小便によって道の片隅から立ちのぼる異臭が、他人にとっては不愉快だろう、と考えるからやめるのである。

人間も他の動物と同様、実際には一生に一つの生き方しかできないのだが、動物と違うところは、自分とは違う人生を想像力をもって考え得る、ということである。

ここに実際には立小便をする男の子としての自分がいる。しかし同時に、立小便の後を通らねばならぬ、通行人としての自分を考えることができるのである。そこで初めて、場所ならぬ所で、そのようなことをすれば、それは主観的には気持がよくても、他人の立場からみれば不愉快なことだということが子供にもわかって来る。もしこの二重の操作ができなければ、恐らく人間は常に、自分にとって快適なことしか選ばなくなり、それは動物と同じことになるのである。

「絶望からの出発」

●自他ともに生はいかに大切かを改めて説く

教室で道徳を教えるのに、なんでためらう必要があろうか。基本的な道徳は、普遍性、明快性、単純性を持っている。小学校においては「道徳」、中学校においては「人間科」、高校においては「人生科」として、専門の教師だけではなく、経験豊かな社会人も協力して教える。そこでは、肉体的な生と、精神的な生との双方の充足が、人間を満たすことを知らせる。また成長にしたがって人間は確実に訪れる生の完成の果てにある死を認識できるようになる。その時、自他共に生はいかに大切であり、あらゆる失敗は補填《ほてん》できるが、自ら命を絶ったり、人の命を奪ったりすることだけは、取り返しのつかない行為だということを、改めて教えなければならない。

「生活の中の愛国心」

●徳は満足を生み出す能力

もし知識の習得か、徳育か、どちらか一つだけを選べということになったら、あるいはどちらを先んずるべきかということになったら、優先すべきは徳のある人になることだろう。なぜなら、徳があるということは、人間だけが持ち得る特性なのだから、それを欠くと人間は人間にならずに動物になってしまう。学校は動物園でもなく、サーカスでもないはずなのだが……今は動物園になりかかっているという現場の声も多い。

しかし徳とは一体どういうものなのか、なぜそれが知識に勝《まさ》って必要なのか、ということなど、最近の人々はほとんど考えなくなってしまった。それどころか、徳などという不自由で面倒くさいものにうっかりかかずらっていたら、「勉強が遅れるじゃないの」という功利的な文句が家庭から出ることは必定《ひつじょう》なのだ。

私の答えは、日本の多くの知識人のように観念的ではない。私はいつも答えを実人生の中に見出してきた。その程度にしか、私の頭は働かないのだ。

私は今までたくさんの途上国を見てきた。今夜の食べ物さえあれば、幸福でいっぱいという程度の生活者たちである。家は一間《ひとま》だけ。トイレも風呂場もない。電気がないから夜は星空に覆われ、苫《とま》のようなものしか張ってない小屋の壁からは、風が吹きたいだけ吹き込んで、寒さが忍び寄ることもある。

そんな時、子供たちと父母と痩《や》せた犬は玉ころのように抱き合って寝る。一家のうち、誰も字が読めないことはよくあるのだが、今夜食べ物があってさしあたり空腹ではない、ということだけで、その一家は満ち足りているのだ。

日本には、この貧しい一家が持っていない、すべてのものを持っている家族がいくらでもある。しかし彼らは幸福ではない。徳というのは、満足を生み出す能力だ。それは教育のあるなしにかかわらず、天からこっそりある個人の懐《ふところ》に降ってきた星のように感じられる。

「ただ一人の個性を創るために」

●だから、本を読め！

昔は今よりいい時代であった。遊ぶ方法が今ほどなかったのである。テレビももちろんない。ケータイどころか、普通の電話さえない家が多かった。ラジオはあったが、父が浪曲を聞いていると、私は必ず退屈して眠ってしまった。映画はあったのだが、初期の頃は白黒時代で、しかもそんなにしばしば連れて行ってもらえるわけでもなかった。

だから娯楽は読書だけだった。私の育った古い日本風の家は隙間風《すきまかぜ》だらけで冬も寒かったのだが、「お座敷」と呼ばれる部屋の縁側だけはよく日が当たってぬくぬくしていた。私はそこに寝ころがって退屈凌《しの》ぎに文学全集を読んだ。たまたま読み出した本がおもしろいと、学期の試験の前でもやめられなかった。私は試験勉強そっちのけで読みふけり、母が部屋に入ってくる気配を聞くと、さっと教科書の下に小説の本を隠した。そんなふうにして、私は文章の書き方を知らず知らずのうちに少しは会得したのだろう、と思う。

今の母親たちはどうだろう。私の周囲には私よりよく本を読んでいる人もいるが、多くの女性たちは、美容院でお噂《ゴシップ》記事満載の週刊誌を読むだけである。お噂というものは、七、八〇パーセントでたらめなのだから、私たちはもっと働かせなければならない脳味噌を、嘘のデータを元に考える作業に使っていることになる。

その点、科学も、哲学も、文学も、間違いない。どんな本を読んだらいいのでしょう、と聞く人がいるが、本屋でページを捲《めく》ってみて「おや」とか「ふうん」と思う本だったら買えばいいのである。こういう小さな感動を覚えることを「（心の）琴線《きんせん》に触れる」と言い、間違いなく人間の心の所業《しょぎょう》である。

今、教師と親ははっきりと「テレビゲームとマンガ本だけじゃバカになる。本を読みなさい。本も読まないようなのは人間じゃない」と言うべき時にきている。読書の時間を作っている学校は、学級が荒れなくなり、子供たちも静寂と沈黙に耐えられるようになっているという。彼らは初めて考え、話す種を持ち、その結果として猿ではなくなるのである。

どうして学校などというものにやらねばならないか、正直なところ、西田はわからなかった。中学までは別として、西田は自分の過去をふり返ってみて、学校でなければ教えてくれないものを、学校の教師からおそわった、という記憶はなかった。彼が人生で得たものの殆《ほとん》どは本からだった。大ていの教師は愚劣だが、本は愚劣ではない。

「わが恋の墓標〈一日一善〉」

今では、あまりにも人は精神や魂の肥料である読書をしなくなって、知識も精神もやせ細っているから、私はあえて次のように言いたいのだ。

「金を儲けたかったら、本を読め！」
「出世をしたかったら、本を読め！」
と。

「ただ一人の個性を創るために」

●インターネットより実体験が勝る

教養人が驚くほど少なくなったのは、皆が本を読まなくなったからなのだ。大人たちが若者と時代に迎合して、今はテレビで充分な知識を得る時代だ、コンピュータゲームをいけないと言うのはものわかりが悪い証拠だ、インターネットとEメールは全く便利でこれを使わなければ人間ではないというのもほんとうだ、などと調子よく相槌《あいづち》を打った結果である。つまり大人は子供にそういう形で迎合《げいごう》し媚《こび》を売ったのだ。

インターネットが便利なのはわかる。しかしその知識はまことに浅薄《せんぱく》な範囲だ。一年経ったら古くなる知識も多い。そうでなければ、せいぜいで百科大事典に書いてある程度の知識だ。誰でもが簡単に手に入れられ、使える程度の知識は、何の特徴にも専門にもならない。もっと下品な言い方をすれば、それに対して世間は特別な対価を払おうとはしないのである。ハッカーの行為は悪いものだが、コンピュータでもハッカーになれるくらいの才能がなければ、専門家ではない。そしてコンピュータに関してそんな特異な才能を持つ人は、世間にほとんどいないのである。

だから私たちは本を読まなければならない。テレビだけではダメなのだぞ、テレビとコンピュータだけで生きていたら、その人は決して指導者にも専門家にもなれないのだぞ、と親も教師も言わなかった責任は大きい。

言わなくてもいいのだ。模範を示す、というやり方がある。しかし今の教師は教師自身が本を読んでいない。忙し過ぎるからだろうと同情はしているが、教師が毎日一言でも、自分が読んだおもしろい本の話をしてやれれば、生徒たちは読書の魅力を察するのである。

「ただ一人の個性を創るために」

2 「子どもの才覚」を養う

●あらゆる競争は常に二つのものを与える

子供には正当な競争をさせねばならない、と言うと、母親たちはすぐに目をむく。これ以上の受験地獄を承認するのですか、という。

そうではない。子供たちにとって大切なのは、前にも言ったことだが、不当なる評価を受けてそれに耐えられる精神力をつけることなのである。また常に冷厳なる事実――自分のマイナス点を確認することでもある。あらゆる競争は常に二つのものを与える。不当な評価と冷厳な事実である。そのパーセンテージは一定しない。不当な評価が九十九パーセントを占めることもあり、スポーツの記録のように冷厳な事実が九十九パーセントということもある。しかしそれでもなお、一パーセントはそうでない要素がまじる。どの選手とくみ合わせられたか。その時の風向き、個人的な健康状態など、選手たちが全く公平な条件で戦っているわけではない。

子供たちを競わせることを、どうして恐れるのだろう。人間全体を競うことなど、そもそも、初めから全く不可能なことなのだ。だからこそ人間は、部分を競うことによって自分を発見し、自分を鍛える役に立てる。それをいたわる必要は全くない。

実は子供たちは大人が思うほど試験が嫌いではない。息子は一時期、試験をクイズと思っていた節がある。やたらに模擬試験に行って他流試合をしたがる。私は受験料がもったいないからやめなさい、と言う。それでも何のかんのと言ってでかけて行く。彼はそれで大ていの場合、失意を味わい、ごく稀《まれ》に少しいい気分になる。

そのような息子の様子を見ていて、私は何かに似ている、としきりに思った。よく考えてみると、パチンコに行く大人と同じなのである。多くの場合すって来るのだが、この次こそモウケて来てやる、としょうこりもなく考えている。我が家では、息子の模擬試験の結果が、パチンコの戦果と同じ程度の重さしかなかったからかも知れない。

「絶望からの出発」

先日或《あ》る所で或る先生が、「まいりました」と言える人間でなければ、いけない、とおっしゃったが、私もまさにそう思う。「まいりました」と優れた人物に向って頭を下げられる人間は、実は勝ったように見える人間より強い場合も多い。勝つこともいいが、私は堂々と負けられる人間が好きである。ごまかしたりうちのめされたりせず、「そうだ、あいつはこのことに関しては、確かに僕よりできる」と言える人を見ると美しいと思う。

しかし、外面的社会的評価に左右される人ほど、子供を競争させることがかわいそうだと言い、その機会をなくすような方向に教育を持って行くに違いない。その結果、心身共に何にも耐えられない奇形児ができる。そのなりゆきは目に見えている。

「あとは野となれ」

勝気で、他人が少しでも自分より秀でていることを許せない人は、自分の足場を持たない人である。だからいちいち自分と他人を比べて、少しでも相手の優位を認めない、という頑《かたく》なな姿勢を取ることになる。

人間は誰でも、自分の専門の分野を持つことである。小さなことでいい。自分はそれによって、社会に貢献できるという実感と自信と楽しさを持つことだ。

そうすれば、不正確で取るに足らない人間社会の順位など、気にならなくなる。威張ることもしなくなるし、完全な平等などという幼稚な要求を本気になって口にすることもなくなる。

「二十一世紀への手紙」

いわば妻は、賑《にぎ》やかで優しく、一見素直で、共に暮すには気持のよい息子のファンにすぎなかった。秋穂はそれ以上の男の器量をもち合わせてはいなかった。むしろ父親としての越の淋《さび》しさはそこにあった。

ひとに嫌《きら》われ、軽蔑《けいべつ》され、受け入れられず、あげくのはてにひねくれてしまった人間は、まだ他人の悪意を餌《えさ》にして、自分を肥え太らすという、特権ともいうべき手段をもっている。しかし誰《だれ》にでも好かれ受け入れられ、誰にも重んじられない秋穂は、どこででも生きやすい。何をしなくてもどうやら暮せるかわり、戦ってよりよい人生をかちとって行くという喜びもない。

「二十一歳の父」

●人間を創る「鍵」は学歴ではなく学習にある

私など、子供の頃から「才覚を持ちなさい」と訓練されたものです。何事に関してもいちいち人に聞かないで、どうしたらうまくできるか考えろ、と。できなければ、親からも社会からも「あなたは機転の利かない子ね」と叱られました。

「老いの才覚」

たしかに話術がうまく、人の心も推察でき、かつ表現力のある人はいる。しかし自分から宣伝するのはバカだ。私は、羞恥心もユーモアもなく、滔々《とうとう》と自分の意見を述べる人で、考え深かったり、智者だったりする人をまだ見たことがない。

かつての私たちの家庭では、子供がそういう軽薄な人にだけはならないように教育をされ、子供を教育もして来た。自分よりはるかに思慮も深く、深い知識を持ち、徳のある人が世間には必ずいるのだから、自分はまだまだと思う癖をつけられて来た。先生からリーダーになってやってみろ、と言われた時には、自分に能力があるからではなく、今までやらなかったことをしてみなさい、という励ましだと思うようにと親には言われた。

「堕落と文学」

教育では学歴が問題になることがあるかもしれないが、学習には学歴がない。そして人間を創《つく》る鍵《かぎ》は、教育にではなくむしろ学習にあると思うと、私はいつも爽《さわ》やかな気分になる。

「二十一世紀への手紙」

●勉強ができる以前に、生存能力を持っているか否か

大東亜戦争以来半世紀以上、いったい世間の親たちは何をしてきたのか。
私はある教師から聞いた一つの話を、今でも忘れられない。それはある母親が言っ

たという、こういう言葉である。

「先生、うちの子は、ちっともうちでお手伝いをしないんですよ。学校で少しお皿を洗うようにしつけてくれません?」

冗談ではない。皿を洗い、洗濯物にアイロンを掛け、ベランダの掃除をし、ということをしつけるのこそ、家庭の教育の分野である。私など母からいやというほどその手の教育を受けたのである。

家事はただ家事ができるという一つの能力だけを指すのではない。子供に働かせて、母親が楽をできるということでもない。その子が個人として、以後生存が可能な状況が作れるかどうかということである。

今の親たちは、子供の生存ということに関してはほとんど考えない。勉強ができるできない、いい高校に入る入らないの問題以前に大切なのは、その子が生存の能力を持っているかどうかということである。動物は律儀にその過程を教える。まず立ち上がること。それから歩いたり、駈けたり、飛んだり、跳ねたり、泳いだり、潜ったりすることを教える。次にそれらの運動能力を利用して、餌を取ることを教える。動物として生きるには、この程度の能力が、非常に大切なことなのである。

しかし人間の親だけがなぜかこの基本的な技術を教えないのだ。ご飯の炊き方（パンの焼き方）がわからなくたって、パンはパン屋で買うものだし、冷凍やレトルトのご飯もあるじゃないの。あれをチンして食べればいいんだから……である。

「ただ一人の個性を創るために」

親は子供を、いつくしみ、可愛がって育てているつもりだが、本当に子供にとりついて、子供をダメにするのも親なのではないかと思う時がある。

小さなことから話そうと思う。

物を食べないという子がいる。体はどこも悪くないのに、という。女の子はいったいに食が細いが、男の子でも食べないのがいる。そういう子のママを見ていると、なるほど食べさせないようにしているなあ、と思うことがある。

「さあ、××ちゃん、御飯よ。お手てあらってたくさん食べてちょうだいねえ」

「ほら、おいちいでしょう。おりこうねえ。どれだけたくさん食べられるか、おばちゃまに見せてあげて」

「これぐらいは食べなきゃだめよ。いけません。これを食べなきゃ、もうお遊びしてあげませんからねえ」

人間の心理というものを、このお母さんは考えたことがあるのだろうか。

大人でも食べろ食べろと言われると、見ただけでお腹がいっぱいになってくる。そのかわりに、食べてはいけないと言われてごちそうを見せつけられたら、盗んでも食べたくなる。

このママは、まず食べる前から、子供の食欲を封じているのである。

ある時、ひどい偏食だという少年を家で預った。サラダなどはほとんど口にしないという。私がお菜をその子向きに考えていると、我が家のダンナさんが、「普通どおりにしろよ」と囁《ささや》いた。

食卓につくと、例によってあらゆる下らないお喋りをしながら、夫と息子は、ぱくりぱくりと食べ始めた。大皿から自由にとれるようになっているお菜を、二人はお客さまである偏食の少年のことなど忘れて、どんどん食べてしまう。途中で少年が、やや慌てたように自分のとり皿の上にまだ残っているにもかかわらず、大皿のお菜を更《さら》に取って確保したのに、私は気がついた。

やがて主なお菜はきれいにカラになった。少年はその頃になってまだ、御飯をおかわりした。うちにいると部屋に閉じこもりっきりで縦のものを横にもしないというのに、その日は海で泳いだり、私に西瓜《すいか》を運ばせられたり、風呂の蓋《ふた》だって開け閉めさせられてお腹が空いたのである。

御飯をどうやって食べるのかな、と思いながら、私は何も気づかないふりをしていた。すると、彼は仕方なく、サラダを少しとった。するとまた、夫と息子が、ごっそりとった。彼は慌てて再びサラダを追加して確保した。

彼が自分から、サラダをとったことを話すと、その少年のママは信じられないと言った。

「どうしたら、そうなりますんでしょう」

「働かしてあんまりお菜がないようにしておけば。お宅はごちそうがおありになり過ぎるのよ」

これは心理学だと思う。そしてまた、生理学でもある。人間はお腹さえすけば、何でも食べられる。それは私の発明ではない。

戦争中、追われた兵隊たちが何でも食べた話を私たちはよく聞かされた。蛇や蛙《かえる》など大ごちそうであった。鼠《ねずみ》、いもむし、カタツムリ何でも食べた。まずくて食べられなかったのはイモリだけでした、という述懐を聞いたこともある。

私はそれを懐旧談や戦陣訓として受けとっている訳ではない。ロビンソン・クルーソーがおもしろいのと同じように、その話の中には人間の無限の可能性が秘められていて、明るい大らかな気分になれるからである。

その能力を、親が、一生懸命ぶち壊すという手はない。


「あとは野となれ」


もし赤ん坊なり子供なりが、静かな所でしか暮したことがないとしたら（こんなことは庶民の生活ではありえないことだから、まあ心配いらない、と言われればそれまでだが）その子は、あらゆる刺激に極端に耐えにくくなっているのである。

音楽ばかりではない。寝床のかたさ、部屋の温度、すべてが自分に馴れたものでないと許せなくなって来る。

一面に於《おい》てはそのような人間の贅沢《ぜいたく》が、社会を暮しいいものに改変して来たのは事実である。自動芝刈り機を発明した男は、どう考えてもかなりの怠け者だったのではないかと思われる。少なくとも、体を動かすことが楽しくてたまらない、というタイプの男ではなく、できたら何とかして額に汗して働かなくて済まないかを考えた男であったに違いない。だから私はその贅沢をいちがいにいけないと言っているのではない。

しかし一人の人間をとりかこむ状況は、個人的にも社会的にも、不動のものであるということこそ考えられない。動き、変化するものが、生活そのものである。とすれば、子供にとって根本的な望ましい条件の一つに、どのような状態にも耐え得る、ということがあげられるのではないか、と私は思ったのであった。

「絶望からの出発」

子供の時、一人娘の私を絶対に死なせてはならない、という執念から、母はリンゴの皮をアルコール綿で拭いたり、十一、二歳までお刺身や氷水などというものを決して食べさせない、という潔癖主義で私を育てた。そういう生き方が不自然だという感じと、国中が貧困に耐えた戦中戦後の貧しい時期があったおかげで、私は不潔にも粗食にも馴れることこそ、自由を確保することだ、と自然に体で知るようになっていたのだ。

大人になって以来、私は食事の前に特に手など洗わないような暮らしをして来た。中年になって外国に行くようになると、ついさっき分厚く手垢《てあか》がついたドロドロボロボロのお札をいじったという記憶があっても、そのままサンドイッチを食べることを自分に強《し》いた。

そして私はその結果肝炎をわずらったこともあるが、きれいに治って肝機能が悪いことも全くないし、そのおかげで行動と精神の自由を確保し、主に途上国ばかり百十か国の田舎や、エイズの多い土地などを歩いても、恐怖や緊張を覚えることもなかった。

「なぜ子供のままの大人が増えたのか」

少くとも、私は子供が危険は危険として知りつつ、蛇もクモもムカデも、何でもさわれるようになることを望んだ。子供というものは不思議なもので、親にその才能がないからといって、突如として、何か動物と関係のある仕事につくようになるかも知れないのである。それなのに動物は怖いということを、何もわざわざ教えこむことはない。原則は一つで、何ごともまず受けとめられるようにしておいた方がいい。その上で改めて危険を想定する能力を与えることである。

「絶望からの出発」

体と心の包容力の大きな子であることが、私の子供に期待する第一の点であった。夫は彼を毎日曜ごとに自転車のりにつれ出した。その頃の鍛錬と中学に入ってからの陸上のおかげで、彼は競輪選手のようなたくましい脚をしている。

体が丈夫で何でもやれると思うこと、これこそ、男女を問わず第一の「人間的」な要素である。私自身も心の健康はともかく、肉体的にはかなり強い。長い距離を歩けるし荷物も持てる。

息子が、小学校六年生のとき、小堀流の水泳を習わせた。オリンピック式の早く泳げることよりも、私は水を読むことから始める日本の古式泳法を習わせたかった。彼はその年に早くも家の傍の幅六百メートルほどの湾を泳ぎ切るようになり、その翌年、さらに長崎の鼠島の水練に参加してからは、一応水の中で身を処する自信をつけたようだった。

ある日、私の家にお客さまがあった。

「太郎ちゃん、大学なんかうまく入れなかったら海人《あま》になれよ。今、もぐってみせると、いい金になるんだってよ」

「どれくらいになるんですか」

「一日、六千円になるんだって」

「悪くないですね」

彼は来年は潜水学校へ行こうとしているのである。

その午後、新橋の料亭に始終出入りしている人が遊びにきた。

「太郎ちゃん、高校なんか行くより、新橋で人力《りんりき》引く人にならない?」

彼女はきっすいの東京人らしく、人力車《じんりきしや》をリンリキとなまって言うのだった。

「一日どれくらいになるんですか」

「最低一日三千円くらいにはなると思うわよ。第一、夕方から出てくりゃいいんですもの」

「悪くないですね」

お客さまが帰ってから、私は息子に笑った。

「一日で二つも職が見つかったじゃないの」

「うん」

海へもぐったり、美人をのせて人力車をひいたり、どちらも悪くない。もっとも、私がもっとまともに育っていたら、やっぱりそんな職業はいやだ、と思うかも知れなかった。しかし、私は家庭のしあわせを信じられなかった。戦争があって、人々が呆《あっ》気《け》なく死ぬのを見た。十パーセントぐらい本気で、私の今の人生も余生だと感じているところがある。その上、カトリック的な感覚が、私に、流されることを教えた。神の意志というものを私は木偶《でく》のように渇望する。

息子の未来についても、私は他の母親のように型にはまって考えることができない。息子が最低限、飢えずに生きられることを思えれば、私はほのぼのとした思いになる。大地にはいつくばり、星を眺めて、ささやかな生を生きれば、それはもっとも凡庸で宗教的な一生を送ったことになる。

昔の子供たちは、人見知りをした。知らない人が来ると、親の足にまつわりついて、その陰に顔を隠したのである。当時の赤ん坊は、生まれた時、外界を恐れているように両手の拳《こぶし》を握って縮こまっていたが、今の赤ん坊は生まれた瞬間からのびのびと掌《てのひら》を開いている。昔の幼い子供たちは、外から来た客を子供ながらに信じず、この人にはどういうことを言ったらいいか戸惑っていたと思う。

ところが戦後教育を受けた子供は、いつマイクを向けられて意見を聞かれても、年相応に堂々と答える度胸をもつようになった。相手を疑うということもほとんどしない。そうした用心を一切子供にさせなくなったのは、「皆いい子」という教育を受けたせいだろう。知らない人を見ると反射的にうさん臭く思うなどという心理は時代遅れになった。

それでいて、たまに誘拐事件でも起きると、急に世間は「知らない人を見たら、何か聞かれても返事をしてはいけませんよ」と言い出す。しかしどちらかといえば不用心である。

「堕落と文学」

●疑ってこそ初めて信じられる

世間には優しいお父さんを持つ幸運な家庭がある。お父さんは家で荒い言葉など決して口にしない。いつも機嫌よく、妻子の毎日の幸福をすべてに優先している。そういう父親を、私は若い時に何人か知っていた。するとこうした父親の娘として育った女性は、皮肉なことだが、結婚に失敗することが多いのである。

娘が夫として選ぶ男に対する眼がなかったのではない。そうした家庭の娘たちの多くは、私から見ると賢い女性たちだ。しかし賢さにも人生の落とし穴はあるのである。つまり彼女たちはあまりにも抵抗なく育ったので、世の中の裏を知ろうなどという意識を持たず、すべての世間の男たちは父親のように穏やかな家庭生活を率いて行くものだと信じ切って、内実はもっと未熟で自分勝手な男を選んでしまうのである。

「人生の原則」

私は、人間を見る時に、よく石榴《ざくろ》の実の中を覗くような気がするのである。幼い時の私の家には一本の石榴の木があり、毎年、二つか三つの実がなった。私ははじけて割れた石榴の実の内側を覗きこんで、あの分裂した赤い粒をみながら、どれが石榴の芯なんだろう、と考えたものである。石榴の赤い粒の要素は、だいたい同じような大きさの色と形をしているが、一人の人間の持つさまざまな要素は、一つ一つが信じられないほど違った能力と形態を持っている。

前にも書いたことだが、信じるという行為は、疑った後に初めて可能である。逆説めくが、キリストが見ずして信ずるものは幸いなるかな、と言ったのは疑ってこそ初めて信じられるという人間の当然の姿勢から出発し、それを超えたものを指している。よく見て信じるという、根本的な人生に対する姿勢はまだ物心つかぬ前から、養ってもいいものだと、私は思うのである。

「絶望からの出発」

私は子供が小さい時から働いていて、面倒くさかったので、自分では何もしなかったが、子供の父親は息子に疑いの精神を植えつけるのにかなりの手数をかけた。もっとも、小さい時は、とにかく虫けら同様の子供相手なのだから、たわいのない話ばかりである。

「太郎、目刺しはどうやって作るか知ってるか?」

「知らない」

「あれは、藁稭《わらしべ》をポイポイと海の中にほうり込むんだ。そうすると、鰯《いわし》が寄って来て、そこに一列にささってしまう。それを引き上げて干せば目刺しだ」

息子は疑わしい顔をしている。

「するめはどうして作るか知ってるか?」

「知らない」

「イカ釣りに行って船の上で灯を振り廻すと灯を餌だと思ったイカが、とび上ってパタリパタリと船べりに打ちつけられる。その平ったくなったのがするめだ」

「本当かな」

二つ、三つの子供でもどうもおかしいと気づくようになるのである。

息子は小学校に上るまでの間、親が何か言えば、

「それ、本当？」

と反射的に聞き返すようになった。

「本当だ。間違いない」

父親は保証するが、実は半分ぐらいの確率ででたらめなのである。息子は不安にかられて、図鑑をひいたり、祖父に聞きに行ったりする。

このようにして、親さえも信じてはいけない、という態度を習慣づけておくと「先生が嘘を言った」「社会は虚偽的だ」などということに、いちいち驚いたり、傷ついたり、不信の念を抱いたりしなくなる。親も先生も社会も悪気ではなく、不正確なことを教える場合もあるのだということに彼は早いうちから慣れるのである。

このことは、一人の人間が大人になってから、様々な情報や知識を外界から得る場合に、それをどのように消化していったらいいかについて、かなり決定的な影響を持つのではないかと思う。私など、あらゆる書物から教えられることばかりで、決して思い上ったことを言える義理ではないのだが、それでもなお、ごくまれに、自分が間違った情報を与えられたことに気づくことがある。（中略）

新聞を読めば反射的にこの記事は本当かと思い、人間の話を聞けば、同じく自動的に、この人は心と言葉とどれ位の差があるだろうかと考える。それをもって人間不信とか、童心を傷つけるとか、私は考えたこともない。

子供の誘拐事件があると新聞に必ず、

「人間を信じない教育をしなけりゃならないなんてなんて悲しいんでしょう」

という意味の投書や発言が出る。

人間を信じるとは何か。それは血のにじむような複雑な人間理解の上に立ってなされるべきことである。私達は通りすがりの人に、決して危害を加えないし、公園で若い母子が遊んでいる姿をみれば、それだけでほのぼのと暖い心になる。見知らぬ相手でも、飲み屋の隣の席に坐り合せて世間話の一つもすれば、やはりにぎやかな思いになることも本当である。しかし、それらをそのまま、人間に対する信頼とか、理解だとか、言ってしまってはいけないのである。行きずりの人には、私達は本質的な理解も信頼も持てるはずはない。逆にそれはあまりにも人間という複雑な存在に対する冒《ぼう》瀆《とく》であろう。

「絶望からの出発」

最近の日本人は、相手がもしかすると悪い人だということの教育を全くしていない。したがって悪い人を防ぐ方法を知らずに大人になるのである。もちろん世の中には、いきなり小学校に刃物を持って押し入ったり、物陰に潜んでいていきなりレイプしたりする男もいないわけではない。しかし事件が被害者の側にも半分の責任がある場合もかなり多いのだが、日本人は世間には悪の要素や悪い人がいる、ということを肯定しないから、責任は必ず百パーセント加害者のものになる。

「うまい話を知らない人から持ちかけられたら、必ず何か落とし穴があるんだから用心しなさい」「うまい儲け口なんてものは、世の中にあるはずはないんです」「知らない人について行っちゃいけませんよ」「夜遅く、非常識な時間に、女性がお酒を飲んだり、ホテルについて行ったりしたら、それは相手に許したことになるのよ。そんな態度を示しながら、襲われたなんてことは通らないの」というような戒めや警告は、どこの国でも年長者がしているわけだが、日本ではそうは言わない。悪い人がいたから事件が起きた。それは間違いないことだから、それ以上の大人の知恵や用心は、全く社会の中で口にされなくなったのである。

それもこれも「人を疑ってはいけない」「皆いい子、のなれの果ては、皆いい人」

という不思議な信仰がいまだに残っているからだ。

善意や偉大さも人間の要素だが、悪意と破壊的な情熱もまた人間の一部である。その明暗両面を予測し、分別し、望ましくない部分は賢く避け、しかもその要素を評価することのできる人になっていなければならない。

いつも人を見れば、悪い人ではないか、と用心してきたために、結果的に私は多くのいい人に会ったという実感を持っている。悪意のおかげで、ほとんど人生に失望しなくて済んだのだ。反対に人はすべていい人だと思っていると、騙されたり裏切られたり、ひどい時には拉致《らち》されたり殺されたりすることもあるだろう。私のように相手を信じないという機能は、皮肉にもかえって人生を賛美する結果を生んだ。人間不信もやはり教えるべきなのである。


「ただ一人の個性を創るために」

●どんなに勉強し難い状態でも、勉強できる人間を作る

状況を変えるということは、教育に関しては実に小さな要素でしかない。ある人間にとって、完全に勉強し易《やす》い状態を作るなどということはできないことだし、それはむしろ教育の目的とするところではない。教育はむしろ、どんなに勉強し難《がた》い状態でも勉強できるような人間を作ることにある。

「太郎物語（大学編）」

どのような人間にとっても最大の肥料であり、財産であるのは、与えられた環境というものである。父親が大酒飲みで、母親は男ぐせが悪く、先生からは貧乏人の子と蔑《さげす》まれる、という環境は、確かにその子にとって望ましいものではない。彼に言わせれば、せめて人並みな暮しをしてみたい、と言うであろう。しかし彼が「人並み」な父と母を持った時、彼は彼だけにしか与えられなかった特殊な強烈な教育的刺激を失うのである。

「人並み」という概念は、実ははなはだ曖昧なものである。何を以《も》って人並みとするのか。人並みであれば、何をしても許されるのか。

一九七三年から、七四年にかけての一時期に、私達は人並みであれば許されるという卑怯な言い方をどれだけ使ったことか。隣の奥さんもトイレットペーパーを買い溜めした。だから私も買ったのだ。どこが悪いの、という判断である。世の中には誰がしなくてもすべきことがあり、誰もがしてもするべきではないこともある。人並みになることを追求する、ということは個人の尊厳の放棄である。

「絶望からの出発」

小さい頃のことを思い出すと、私は不思議な気分になる。私は世の中の立派なこと、雄々しいことにも影響を受けたが、卑怯なこと、哀しいことからもそれ以上に激しく学んだのであった。

とりわけ父母の結婚生活が決して幸福なものでなく、自分の家庭を安らぎの場所とは思えなかったことからも、私は多くのことを教えられたのである。もし私が仲のいい夫婦の子供だったら、私は恐らく人生を今の半分しか味わう能力を持たせて貰《もら》えなかったような気がする。仲のいい親も子供に多くのものを与えることはまちがいないが、おもしろいことに不和な親も、それなりにすさまじい教育を子供になし得るのである。皮肉ではなく、私の親は普通の親たちが子供にとうてい与えられないだけの厳しい人生を私に見せてくれた。これはどんなに感謝してもし切れないことであろう。私は本当に幸運であったと思う。

一般的な言い方をすれば、私は親たちの暮しを見て、人間の生涯というものはどう考えてもろくなものではなさそうだ、と考えたのであった。そしてその時以来、私は何事にも一歩引き下って不信の念をもって見られる癖がついたのである。すると人間のどの生活にも哀しい面があることがわかった。それだからこそあちらもこちらも許し、許さねばならないのだと思うようになった。私は今でもしばしば自分が狭量であることにぶつかるが、これでも私の持って生まれた性格から見れば、ずっと寛大になったのである。

世の中をろくでもない所だと思えばこそ、私は初めから何ごとも諦《あきら》められるという技術を身につけた。それは少なくとも、私にかなりの自由と勇気を与えてくれた。人間の苦悩の多くは、人間としての可能性の範囲をこえた執着を持つ所から始まるのかも知れないとも思った。
子供にはよき環境を与えねばならぬが、同時に悪い環境も必要なのである。そして悪い環境にいたから、悪くなったというのは子供の性格が弱かったからで、そのような子はいい環境におけば果してよくなったかというと私は疑わしい気がする。それに耐える力がありさえすれば、人間はどのような悪環境の中からも吸収すべきものを吸いあげるし、耐える力がなければ、よき環境の中でもダラクすると私は思う。

「絶望からの出発」

●退屈する時間を与える

子供の退屈はどうも大人の退屈とは違うようである。子供はどうしても、深く退屈させなければ、自然な自己発見ができにくいように思う。

「二十一世紀への手紙」

今、私には静寂の中で聞こえるものを聞いて過ごしたいという気持ちが強くなった。でもそれは都会が煩《わずら》わしすぎるから、とか、静寂や沈黙の中だと何かいいことを思いつく、というような高級な動機からではありません。

しかしどうしてか、静かさの中だと、どこかから「知恵」の声がするような気がするのです。実に体裁のいい錯覚なんでしょうけどね。子供に退屈する時間を与えよ、というのは、こういう時間の存在を知らせるためかもしれないわね。

「親子、別あり」

●「他人は自分を評価してくれない」という覚悟

人間はそもそも、正しく他人を理解することなど初めから出来ないのである。とは言っても私達もまた、日常様々な人を不可能と知りつつ性こりもなく評価しつづけてしまうのだが、それはめいめいの流儀で、（つまり、量と質の差こそあれ、独断と偏見を持って）相手を見ることにすぎない。

親も子供も早くから、人間社会には神の如き正しい評価などありはしないのだということを、はっきりと、腰をすえて知るべきなのである。それは、苦しいことではあるが、人間に与えられた本質的な能力を越えていることなのだからいたし方ない。それなのに母親達は、「あの先生はうちの娘のいい所をちっともわかってくれない」「あの先生は依怙贔屓《えこひいき》ばかりする」と文句を言う。私はそのような場合、こう思うことに決めていたのである。もしも自分の子供が、先生の評価以上にましだと思われる場合のことだが、「ああ、うちの子は、あの先生の能力ではとうてい理解できないほどの面白い子なんだ」と考えたのである。もっともこのようなケースは殆《ほと》んどなかったと言わねばならないが。

人間は感情の動物である。かつて私は青春時代にある人物とかなり深いかかわりを持った。そしてその人に裏切られた。かりにその人の体格を背が高くて顔の長い人だとしよう。鼻は鉤鼻《かぎ》で、受け口で、眉毛の中に大きな黒子《ほくろ》があるとする。なさけないことに私は後年、この人と同じような肉体的な特徴を持った人物に会うと反射的に用心するようになったのである。これはなんとも横暴な無茶苦茶な話ではないか。背が高くて顔が長くて眉毛の中に黒子のある鉤鼻の男が嘘つきと決っているならば、世の中でこんな簡単なことはない。そんなことはないと知りつつもしかし私が、全くいわれのない人物に最初心を許さないというのも本当なのである。私は素朴すぎる人間評価の間違いをあげたかも知れない。しかし、これと似たようなことは、必ずある。先生も社会も決してある人間を冷静に理解しない。そこで様々な手が考えられ、贈り物を持っていって相手の歓心を買おうというやり方から、そのような目のない教師はたたき出そうという闘争的なタイプまで、様々な解決法が考えられるのだが、親がどんなに頑張っても子供の生涯に入れかわり立ちかわり現われる「目のない人間ども」をすべて退治するわけにはいかない。不当な甘い自己肯定ではなく、厳しく見つめてもなお自分として納得のできる結果だけが本物であり、他人の評価は「ほめられドク」という形で幸運ではあっても、あまり意味がないという冷静さを私は親子とも早いうちから、養うべきだと思うのである。

「絶望からの出発」

「うちのおふくろは、何でも、そのことが、立派にできないと、ダメなんだ。どうやらできた、とか、悪い点でパスした、なんてのはだめなんだ。彼女にとっては、おやじが、一生自分に対してだけ関心をもって、子供たちが、皆一族に対しても顔向けのいいような大学を出てくれた時にだけ、自分の人生は承認できるんだ」

「まずく行ったから、子供たちも捨てて出家かあ。そんなにしてまでいい評判とりたいのかなあ」

太郎はごろりと畳《たたみ》の上に寝転《ねころ》がった。

「今はそういう形で、評判を挽回《ばんかい》しようと思ってるらしい」

「評判なんか、どうでもいいのにな」

「うん」

藤原も素直に頷《うなず》いた。

「評判なんか食えないしな」

●学校は知識をつける場所か

学校が知識をつける場である、などと考えていたら、教育は必ず失敗するが、それなら、学校とは、いかなる場所なのか。

学校は知識を得ると共に、人生を知り、苦難に耐えて生き抜く心身を鍛え、その技術も覚え、多様な人々と共生する社会というものの雛形《ひながた》を体験するところなのである。知識はもちろんあったほうがいい。それもできるだけたくさんあったほうがいい。

しかし日本人の考えるような知識がなくても、みごとに生きている人々を私はたくさん見てきたし、彼らの一部は無知のゆえに苦しんでもいたが、一部は知的日本人よりもっと幸福そうに、人生に確信を持って暮らしていた。幸福は主観だから、椰子《やし》の葉葺《ふ》きの、トイレも風呂場も台所もない小屋に住んでいるからといって、決して不幸ではないのである。附言すれば、トイレは野っ原、風呂には入らず、台所は戸外、ということで、この三つは屋内にない。

知識というものは、学校の教室などという狭い空間にだけあるものではない。予想もできない複雑な人生の偶然の中で、運命のようにその人に襲いかかる。それを受ける子供に必要なのは、その変化に耐え、その刺激を自分の血肉として受け入れられる健全な肉体と耐える精神力を持っていることだ。そういうものなしには、いかなる知識もその人を育てることにはならない。先に言った通り、知識だけなら、データ・ベースのほうが確実に人間より上なのだ。

「ただ一人の個性を創るために」

●口を開かない鳥に水を飲ませることはできない

大学という場所で、人生のモラトリアム的四年間を過ごさせてもらったことは、私にとってはありがたいことだったが、私が現在得ている知識や考えの半分以上は、やはり独学で手に入れたものであった。だから、私は経済格差がひどくなって、子供を大学にもやれない、などということが、さしたる悲劇とは思えないのである。確かに大学には行った方が楽には違いないが、行かなくても、ほんとうに勉強したい青年は何とか独学で学ぶものだと思う。

「堕落と文学」

人生のすべてのことは、当人がそれを好きかどうかということだ。当人が好きでもないのに、勉強させることはできない。口を開かない鳥に水を飲ませることはできない。動かないロバを歩かせることはできない。これらはすべて私の体験である。学問が好きでもない多くの学生が、今大学で勉強している。もったいないという他《ほか》はない。

「二十一世紀への手紙」

多くの学生は、親に金を出してもらっている。親は息子や娘が勉強をするというから、金を出しているのだ。しかし彼らにはそのありがたみがわからないから、学生風を装っているだけで、本を読んだり、辛《つら》い勉強をすることがそれに報いることだ、などとは考えもせず、遊びに熱心である。

多くの国の多くの若者たちが、大学へ進学するような機会を与えられていない、という事実の認識もない。そして「別に勉強が好きでもないなら早く働いたら」と言われでもしようものなら、「今どき大学くらい出るのは当たり前」とか「学ぶ権利があります」とかもっともらしいことを言う。

教育を受ける資格は、当人が心から学びたい、と思うことだけである。心から学びたいと思わない限り、高等教育を受ける必要はない。それは当人にとっては拷問、社会にとっては浪費だからだ。

「二十一世紀への手紙」

学問をするには、犠牲《ぎせい》を払うべきなのだ。つまり、現実的には金を払わねばならない、ということなのである。しかし、目下のところ、社会は教育を受けるのは権利だなどと言っているから、この論理は通らない。金のある人間だけが、教育を受けられるとは何事だ、と出て来るのである。

金がある人間だけが教育を受けるのではない。本当に学問をしたい人間が、それだけの犠牲を払う場合にだけ学問は成立する。もっとも、金がなくても、学問に対する情熱があり、資質もある学生に対しては、どんなに家庭環境《かんきょう》がそれを許さなくても、国家なり、大学なりが奨学金《しょうがくきん》を出せばいい。太郎は、分不相応な支出をして貰《もら》っているから、そんな立場で何を！　と言われると困るから言わないのだが、今、裸《はだか》でほうり出されても、何とか生活して、大学へ通う自信はある。奨学金制度というものを見ていると、勉強しない奴《やつ》に限って、うまく使っているという感じである。それくらい制度はあちこちにあるのだし、就職口は肉体労働をいやがらなければ、いくらでもあるのだから、やれない筈《はず》はない。どんな方法にせよ、他人から教育のために金を出して貰うことはいい。しかし教育はタダという思想は、学問をダメにする。日本の教育がおかしくなったのは、「教育は権利だ！」と言い出した時からである。権利だなどと思っている奴に、学問などできるものか、と太郎は闘争《とうそう》的な気分になる。

「太郎物語（大学編）」

●生活の技術を一刻も早く身に着けさせる

母は福井の回漕《かいそう》問屋に生まれました。私はこの母から、日本の田舎町の「魚文化」を習ったような気がします。当時は、栄養の知識なんかあんまりなかったし、流通機構だって今みたいに贅沢《ぜいたく》ではありませんから、雪の多いこの地方では真冬でもある野菜といえば、干した大根と新聞紙に包んだ保存用の白菜ぐらいだったんじゃないでしょうか。他に雪の中に埋めたごぼうとかお芋とかあったでしょうけど。でもお魚は豊富でした。ほとんどおかずとしては魚だけ食べて生きてきたようです。それも家でお料理しないんですよ。浜の通りに新鮮な鯖《さば》を焼き物にしている店があって、それをご飯の前になると子どもが買いにやらされるんだそうです。

こういう素朴な環境で育った母は、私に魚の鮮度の見分け方とアラでも何でも全部使っておいしいおかずを作る方法を子どものときから教えてくれました。ですから私は今でもお客様にご馳走をするというとお魚料理しかできないんです。自慢じゃないですけどフランス料理なんかまったく習ったことがないんです。

「この世に恋して」

高級な文学を理解しようなどとする前に、まず、言葉で地図が正確に書けるかどうかが大切である。

一人前の知能を持った人でも、自分の家のありかを言葉や地図で正確に教えられる人は非常に少ない。訓練が足りないのである。「駅を降りてまっすぐ行って」などというい方をする。進行方向に向かって真っすぐなのか、改札口を出て真っすぐなのか、よくわからない。入社試験に、複雑な問題を出すより、会社へ来るまでの地図と、それを文章にしたものを書くようにさせたら、人間の総合能力はかなりよく判定できるはずである。

「永遠の前の一瞬」

いつから親たちの間で、子供のしつけを学校或《あ》るいは先生にお願いする、というような怠惰な考え方が生まれたのだろう。しつけは元来家庭のものである。なぜならしつけには、その家の生活に対する嗜好、価値観などが、きめ細く加味されるべきであって、一足す一は二というような画一的なルールがないからである。

子供のしつけには、二つの要素がその底に含まれている。一つは子供がいつ親の保護を失っても何とか生きて行くだけの、生活の技術を一刻も早く身につけさせることである。自分で服を脱ぎ着したり、顔を洗ったり、髪をとかしたり、蒲団を上げ下げし、茶碗を洗い、ということは、すべてそのためである。これらは本来はしつけとは言えないものであった。西部に移住したアメリカの移住者の子は、幼いころから馬に乗り、木を切ったり、水を汲んだり、家を建てたり、牛を飼ったりすることを覚えた。生活に参加することすなわちしつけであった。

このルールは今でも変らない。子供は親の生活に早くから参加させるべきなのである。もっとも西部の暮しと違い、アパートの生活では水汲みや薪割りの必要もない。父親と一緒に木をかついで柵を作る機会もない。食事に使う茶碗だって数知れたものだし、一つの押し入れを開けるのだから、ついでに子供の蒲団も敷いてしまおう、ということになって、子供は何もせずにいられる。

しかししつけは本来、手間ヒマかかるものなのである。初めは親がやってしまう方がずっと時間的にも早い、ということが多い。それをあえてめんどうでも子供にやらせるというのは、一種の保険をかけておくことと似ている。

「絶望からの出発」

●「お金は怖いものだと思いなさい」という母の教え

私は、小さい頃から母親に金銭哲学とでも言うべきものをよく聞かされました。母は、お金をいい加減に考えてはいけません、と戒めました。人間は弱いものだから、お金がないために無用な争いをしがちである。お金に少しゆとりがあれば、親戚や友だちとの付き合いの中で、自分がおおらかな気持ちで損をすることもできる。しかし、お金がないと、だれがいくら出したかということに、いつもヒリヒリ神経をとがらすようになってしまう、と。

お金は怖いものだと思いなさい、とも言われました。人から理由のないお金を出してもらったりしてはいけない。得をしたい、という気持ちが起きた時は、すでにお金に関する事件に巻き込まれる素地ができかけているから用心しなさい。人にすすめられて、何かを買ってはいけない。何にお金を出して何に出さないか、世間にならうのではなく、自分の好みで決めなさい、と。つまり母が私に教えたのは、常に自分が主人公になりなさい、ということだったのだと思います。

「老いの才覚」

戦前、私は母から「借金をして物を買ってはいけない」と教えられました。「欲しい物があったら、お金を貯めて買いなさい」というのが大原則で、「泥棒したらもう人間ではないから、学問などしなくてもよろしい」とも言われたものです。古い言い方ですが、「人間としての基本ができていない人は何をやる資格もない」ということだったんでしょう。

今は物を手に入れようとする時、ローンを組むのが当り前になっていますけれど、長期のローンで買うと倍近いお金を払うことになるそうですね。ローンと言うと聞こえがいいですけれど、つまり借金です。しない方がいいに決まっています。

「人間の基本」

痩せすぎた体も体力に欠けるし、贅肉の付きすぎた肉体はそれだけで体に害になる。お金も物もそうだと思う。なさすぎてもほんとうにしたいことができないし、多すぎてもその管理が生活の重荷になります。どの程度のお金を持つのがいいのかは、とてもむずかしい問題だし、人によっても違いますが、身軽に爽やかにね。入ったら意味のあることに使い、足りなければ少し安全を期して溜め込む。自由自在な、風通しのいい経済生活をしてください。

「親子、別あり」

私が死んだ時、もしあなたがお金に困っていたら、盛大にお香典を頂きなさい。それで一儲けしてもいいわ。でもどうにか暮らせてたら、頂いてはいけません。若い人たちにとって香典を出すということは、家計にうんと響くことなのだということ、あなたも覚えがあるでしょう。

「親子、別あり」

●教育は治療と似ている

教育は治療と似ている。医者は薬を与え、手術をして、患者を「癒《なお》す」という。しかし、医者の中でも謙虚な人々は「病人が自らを癒す力に、手を貸しただけだ」という。その証拠に、どんなに人間の力を注いでも、人間の一生に一回だけは癒らないのである。

教育もそうである。教育とは、或る人間が（多くの場合、年齢の上のものが）他の人に（年若いものに）与えるもののように考えられている。これは一面その通りなのだが、半面、そうでもない。人間は自らを教育するだけである。他人は（親や教師といえども）それに少し力を貸すだけという言い方もできる。

「絶望からの出発」

●「さまざまな結果込み」だから意味がある

教育の結果などというものは、相手が二十代ではまだ答えが出ない。自分を振り返ってみても、私がはっきりと或る思想のようなものを自覚して書き出したのは、三十七歳の時だ。教育は種蒔《ま》きとも似ている。多く蒔けばいいというものでもない。百人教育してもいいが、一人でも十分意味はあるのだ。種の中には発芽しないのも、歪《ゆが》んで生えるのもいるだろう。しかしそのような「さまざまな結果込み」で教育というものは意味がある。

「私日記7　飛んで行く時間は幸福の印」

3 「人間の原型」を教える

●「人間の原型」は卑怯者であり、利己主義者である

むしろ子供に教えなければならないのは、徹底した現実であり、悪についてである。現世には、完全にいい人もいず、完全な悪人というものもいない。その中間にいる人ばかりである。もちろんずいぶん善人に近い人もいるし、かなり悪いことばかりする人もいるが、善か悪のみ、という人はいない。だから完全にいい人の代わりに、人間は神という概念を思いつき、完全に悪い人の代わりに悪魔という存在を考えた。しかし神も悪魔もどちらも現世に人間としては存在しない。

だから、現世で、人間に対して、悪魔か神にしかありえないような表現の仕方をする社会に出会ったら、反射的にそこには嘘がある、と思うような教育が必要だと思うのである。

「二十一世紀への手紙」

私は子供に教える場合、人間の原型は卑怯者であり、利己主義者である、というこ

とを徹底させたいと願って来た。そしてたとえば人を助けるということは、そのために払ったものの大きさによるのであって、決してただ署名運動をしたり、デモに加わったり、わずかなお金を寄付したり、古着や米を持ち寄ったり、死ぬ危険のないハンガー・ストライキをするような甘いものではない、ということも教えて来たつもりである。

「二十一世紀への手紙」

現実の暮らしの中では、私は明らかに性悪説で自分を律してきました。カトリックの学校で育ったので、すべてにおいて、いい人などいないことを比較的若い時からわかるようになりました。キリスト教は性悪説ですから、人間はそのままにしておけば、人間の尊厳を失うほどに堕落することも簡単である。しかし信仰によって、あるいはその人に内蔵されている徳性によって、人間を超えた偉大な存在にもなれる、ということをきっちりと教えられたのです。

「老いの才覚」

私が、もちろん自分を含めて人間というものは虫ケラのようなものだと知ったのはインドであった。虫ケラのように水辺に集い、砂嵐の時には遮蔽物《しゃへい》の下に身を隠してじっと動かない。その分際を私は生涯忘れなかった。

「私日記7　飛んで行く時間は幸福の印」

●人間は矛盾した動物

人間には自分や他人の命を生かそうとする本能もあると同時に、相手を折りあらばやっつけたい、という本能も持っている。人間は矛盾した動物だ、ということを、教育は徹底して教えなければならないのである。

「二十一世紀への手紙」

日本人は自分を「善い人」で通せると思っているけれど、アフリカのような極限の状況では「善い人」を通すのは難しい。人間は善いこともするけれど、悪も犯すし、残虐も働くんです。それでいて、時々は立派に人情的なんです。

その複雑な人間性を私の心に叩き込んでくれたんですから、アフリカは私にとって本当に偉大な教師でした。

「この世に恋して」

社会は苛酷なもので、人間関係の殆《ほと》んどは利害の対立する立場におかれる。あらゆる商行為においては、常に一方が損をすれば片方が儲かるという例が殆んどである。そのような対立する人間関係の中で、なぜ、人間は共通のわかり合える要素を持つのであろうか。それは、自分を相手の立場に当てはめて考えてみるからである。

一見どれほど明らかに、一方が正しく、一方が悪いように見える人間関係に於《お》いても、悪をなした側にも、どこかに納得できる部分がある、というのが、私などの考え方である。しかし、私はこの年になって初めて、世の中には、自分と一定の他人だけは全面的に正しく、そうでない人は全面的に悪いのだ、と言い切れる人がかなり多いことに気づいたのである。全面的に良き人間も、全面的に悪い人間も、この世にはまずいないとみてよい。人間は誰もが、部分的によく、部分的に悪いだけである。「ひとのふり見て、我がふりなおせ」などという古い言い方は、この頃はやらなくなったが、誰もが、他人の欠点の中に、自分と同じ要素を見出し得るのである。と同時に、「極悪非道」と言われる人の中にも、どこかに小さく微《かす》かに輝いている部分は必ずあるのである。ところが、これを認められない人はいくらでもいる。

限られた一回限りの自分の生の中から、どこ迄《まで》他人の生活・他者の心を類推し得るかが、どれだけ複雑により多くの人生を味わい得るか、ということになる。ところが一部の人に言わせれば、この頃の功利的な母親たちは、人生を味わうなんてことはどうでもいい、それによってどういうトクがあるか、だけが問題なのだという。そういう人々に対しては、私は、他人の立場をわかることが出世・商売のこつだし、他人と裁判沙汰になっても勝てますよ、というふうに言わなければいけないのかも知れない。

「絶望からの出発」

●「老・病・死」をしっかり見つめさせること

私自身、自宅で親たち（私の母と夫の両親）三人を看取った経験がありますが、かつては血を分けた家族や嫁に感謝しながらの大往生には、人間らしい伝統的な看取りの文化が色濃くありました。しかし今は自宅での死を望んでも、実際は八割以上の人が病院の中で亡くなるという、死が見えづらい社会です。家族みんなが見守る中で祖父母が死に逝く姿を見るのは自然なことなんです。犬や猫でもいいから、子供のうちからそれを見ることで死を学んでいくべきなのです。

幼い頃祖母の仏壇には、地獄極楽の絵などもおいてあって、私はその説明をせがんでいました。その時に「嘘をついたら閻魔《えんま》様に舌を抜かれるよ」、「悪いことをすると血の池地獄に落ちるよ」などとおどされて育ちましたが、それはそれでよかったですね。それはいかにしてこの世を生きるべきか、という土俗的な倫理観でした。またその一方では、お墓参りに行くたびに「人はみないつか骨になって墓の下に入る」とも教えられた。人間に生老病死があることは、いつの時代も変わりません。それなのに戦後教育は「生」を唱えるばかりで、人間の「老・病・死」をしっかり見つめることを教えて来ませんでした。

「人間の基本」

私はカトリックの学校で育ったので、幼稚園の頃から、毎日、自分の臨終の時のために祈る癖をつけられ、「灰の水曜日」と呼ばれる祝日には司祭の手で額に灰を塗られて、塵《ちり》に還る人間の生涯を考えるように言われました。もちろん、当時の私が死をまともに理解していたとは思われません。しかし、いつか人間には終わりがある、ということを、私は感じていました。

シスターたちが、「この生涯はほんの短い旅にすぎません」と言うのも度々《たびたび》聞いたことがあります。百年生きたとしても、地球が始まってからのことを思えば、大したことがない、と。そういう教育を受けたことは、この上ない贅沢だったと思っています。

死を認識すれば、死ぬまでにやりたいことが見えてきます。死ぬ前に甘い大福をお腹いっぱい食べたい、という人がいるかもしれません。それでもいいのですが、とにかく死ぬまでにやりたいと思うことを明瞭に見つけて、そちらの方向へ歩いて行く。そして、ある日、時間切れで死んでしまう。だれでも最後はだいたいそういうものです。しかし、いいこと、おもしろいこと、凄いことをやる人は皆、心のどこかに確実に死の観念を持ち続けていたような気がします。

「老いの才覚」

親なり、先生なり、ご近所の人なり、誰か大人が、基本を教えなくてはならないのです。

ずっと昔、一流大学を出た、世間では「インテリ中のインテリ」と目されている青年が人殺しをして捕まったとき、「人を殺すのは悪いことだとは習わなかった」と言って、世間を愕然とさせたことがあります。そういう教育——大人が教えるという義務を放棄した状態が加速度的に進んでしまったことが、現代の痛ましい事件につながっているのでしょう。

「幸せは弱さにある」

私が鉢に蒔いた種は律儀に芽を吹いた。高さも五十センチくらいになり、私はそれを地植えするに当たって友達に心配を訴えた。大きくなった時のことを考えると、一本のバオバブに軽く三百平方メートルくらいの土地を取られると思わなければならない。その空間を確保するのが大変だ、というわけである。しかし彼はごくあっさりと解決してくれた。

「大丈夫ですよ。バオバブが大きくなるまでソノさんは生きていないから、考えることはないんですよ」

その通りであった。私はよく死を考えるたちであったが、バオバブが巨木になるまでは決して生きない。人間が植物を育てる、という自分を上位に置いた発想は、こうしてはっきりと拒否されるのである。

「働きたくない者は、食べてはならない」

わたしたちが持っているもの――命も、家族も、悲しみも、喜びも、物も、この世とのかかわりも、すべてがやがて時の流れのなかに消えていく。永遠に自分のものであるものなどないのです。爽やかな儚《はかな》さです。

こういうふうにみんなが認識できれば、何かを得るための争いや犯罪は減るでしょう。得られない苦しみや、失ったときの悲しみも少しはなくなるでしょう。生に対する執着も弱くなって、死への恐怖も薄れるでしょう。

命を含むあらゆるものは、一時的に私たちに貸し出されたものです。わたしたち人間は小心だからこそ、あらゆるものを得た瞬間から、失うときの準備をしておいたほうがいい、弱い自分を救うためにも、わたしはそう思うことにしています。

「幸せは弱さにある」

いずれにせよ、好むと好まざるとにかかわらず、人間は生きなければならないし、死ななければならないことを、人間は幼いときから知っているべきなのです。

「幸せは弱さにある」

●「人生の明暗」を教えなければ健全に機能しない

学校であれ、家庭であれ、教育が行なわれる場所がもし健全に機能しているとすれば、それは、その場所が、人生の明暗を教えているからだ。当然明も教えるが、図らずも暗も教えるから意味があるのだ。

「ただ一人の個性を創るために」

物事には両面性があり、一面だけを見て否定したり、教育したりするのは大きな誤りです。戦後の日本では、軍事学などふれてはいけないもののように扱われて来ましたから、いまだに満足な戦争博物館一つありません。ロンドンの帝国戦争博物館には第一次大戦と第二次大戦をはじめ、ナチスもイギリスの軍隊も隔《へだ》てなく展示してあり、「あなた自身の頭が考えるように」というレリーフが掲げられていると聞きました。

つまり、戦争というものに人間に共通の悲しみを見出しているのです。相手がなければ起こらない戦争は、敵と味方に分かれて殺し合った人間の悲劇そのものです。歴史もそうですね。過去を洗えば、どの民族にも無知と残虐の歴史があります。なぜ戦争が繰り返されるのかは自分たち各々が考える性質のもので、多分、どちらかだけが悪かったというものではない。どちらにも、責任はあるんです。他人から、あの戦争はこういうものだった、と押し付けられるものではない。日本の教育は、この「あなた自身の頭で考える」という部分が抜け落ちてしまっているようです。

現代の教育はそうした人間の基本には関与しない、全く表層的なものになっています。もちろん平和がいいことは誰でも知っていますが、平和の裏側にある戦争を知らなければ、いざという時に回避することもできません。戦争を知らなければ平和について語れない、というのは非常に重要なことです。

「人間の基本」

昔、中米のコスタリカを旅した時、私たちはこの国は極上のコーヒーの産地だと聞かされた。コーヒー通でなかった私たちは、当時そんなことも知らなかったのである。日本で米の育つところを見たければ、あちこちの田圃《たんぼ》でいくらでもみることができる。

それと同じように、コスタリカの丘のあちこちにコーヒー畑が見える光景を私たちはドライブしながら期待したのである。しかしそれらしい畑はどこにも見えなかった。コーヒー畑はジャングルの中にあった。つまりその日陰を利用して、背の低いコーヒーの木を植えるのである。人々がやたらにジャングルの下枝を払っているのは、なぜだろうと思った理由がそれで説明されたのである。

日照は確かに大切だ。しかしそれだけでは、植物も育たない。日差しを人間の幸福とすれば、日陰は不幸、病気、貧困などを暗示するのかもしれない。それらの人生の陰も必要なのである。少なくとも、私はそうした薄暗い部分を生きて、今日の自分もあるという実感を持てた。

「働きたくない者は、食べてはならない」

心のバランスが一番むずかしいわね。

愛してもらうことだけが好きで、人を愛することを知らない人も多分満ち足りることはないでしょう。

人間はすべてを知ることがいいんです。少なくとも、私はそれが好きだった。善も悪も、しっかりね。失意も得意も両方知らなければ、人間は完成しないんです。

「親子、別あり」

戦争で私たちはみんな貧しくなりました。髪や衣服にシラミがたかったり、何人もの人が入るどろどろのお風呂に入ったりする体験をそのとき初めてしました。戦争中はもんぺに代表される民間の労働着しか着られませんでした。二つの意味があるんです。物がなかったというのと、あっても着るのは戦意高揚の空気に反するからしてはいけなかったという、二つの圧迫によって着ることはありませんでした。

私は戦争の終わり頃、上海に行っていた日本人からもらった華やかな木綿のワンピースを持っていましたが、それを着る機会はまったくなくて、ただ空襲で焼くのはもったいないと思っていつもそれをリュックサックに入れて持ち歩いていました。お砂糖のお菓子があってもたぶんそうしたろうと思います。でも日本中みんなそうだったから、こんなもんだ、と思ってました。どうやら飢え死にはしないし、裸でもないんですから。

初めて髪にシラミがたかっているのを見つけたのは、頭が痒《かゆ》くて手袋をはめた手で引っかいたときに、網目の指先に動く小さな虫が付いているのでわかったんです。工場の作業台の仲間からもらってきたんでしょうけど、それまで自分の髪にシラミが付くなんて思ったこともありませんでした。生きたシラミは洗えば落ちるんですけど、髪の毛に産み付けられた卵がやっかいなんです。でも東京に帰ったらお洒落《しゃれ》な叔母がいて、髪にウエーブをつけるコテを持っていました。そのコテで髪の毛に産み付けられた卵を全部やっつけてくれてホッとしましたが、シラミがわいていることの惨めさをこうやって今でも覚えているんですね。

でも私は最近になって思うんです。どん底を知るという体験も一つの財産なんです。今の人は贅沢をする財産ばかりを求めていて――それが当然ですけど――マイナスの財産に対する評価などまったくないでしょうね。でも私たちの世代はその時代に負の財産家になったんです。

人生は思い通りになるものではないし、育ってきた境遇はそれぞれです。いい環境も悪い生活もそれなりに教育的です。

●不純ゆえにふくよかなものの見方ができる

日本の戦後教育が果たさなかったものは、善か悪かではなく、多くの場合、善と悪がまじり合った不純な選択以外にあり得ないという大人の判断を養うことであった。現世に悪の要素がなくなることはない。もちろん善の気配が消えることもない。しかし善だけだったり、悪だけだったりするものもない。要はどこで妥協するか、ということなのだ。もちろんできるだけ、いい地点で折り合うことが望ましいのは言うまでもない。

いい大人までが、理想論でものを言う。それをほんとうは幼稚と言うのである。私たちは理想を目指す。しかし現実は決して理想通りになり切れないことを知っている。そこから、ためらいも、羞恥《しゅうち》も、寛大も、屈折も、悲しみも、許しも知った大人の感覚が生まれるのである。

教師は立場上、こうした不純で、それゆえにこそ成熟したふくよかなものの見方を教えにくい。しかし父や母なら教えられる。こうした話は、家庭という誤解を恐れる必要のない気楽な密室的な場で、食事の時や風呂の中で話すのに適した話題なのである。

幼児性の特徴は幾つもあるが、周囲に関心が薄いこともその一つである。自分の病気には大騒ぎするが、他人の病気は痛くもかゆくもない。万引きをゲームだと思っているのは、自分がただで欲しいものを手に入れられる、ということがわかっているだけで、万引きをされた店の痛手には全く思い至らない、という点にある。

幼児性のもう一つの特徴は、人間社会の不純の哀《かな》しさや優しさや香《かぐわ》しさを、全く理解しないことだ。幼児的人生はすべて単衣《ひとえ》で裏がない。だから、厚みもなければ強くもない。

こんなことを書くだけで、政治家が嘘をついたり、政治的理念など放置して派閥作りに狂奔《きょうほん》するのがいいのですか、などと言われてしまう。

不純にもいろいろあるのだ。下世話な言い方をすると、下等の不純も上等の不純もある。不純というと一つの概念しか考えないのが、幼児性なのである。本当に有効な予防外交というものが、もしあり得たとしたら、それは上等な不純が功を奏したからである。

「なぜ子供のままの大人が増えたのか」

●貧困を知らないという恥

貧乏を知らない、ということは、私にとってはしかし一種の僻《ひが》みの理由であった。今の就職試験の受験生だったら、貧困を知らないことは誇るべき特徴になるのか、それともやはりお坊っちゃまの暮らししか知らないということで侮蔑を受ける理由になるのだろうか。私は幸福にせよ、不幸にせよ、知らないということは、知っているということより恥ずかしいことだと単純に考えたのである。

「ただ一人の個性を創るために」

「お母さんは自分の母親のことを、鬼のように思ったそうです。我が子に盗みを働いてこいという親が、本当にこの世にあるものだろうかと思った。しかし自分は決してまちがったことはしなかったし、自分がいつか結婚して子供をもったら、決してそんな屈辱だけは味わわせたくないと思った。貧乏より辛いことだったそうよ。
私たち姉妹は、お母さんから金銭的には何一つまとまったものを残してはもらいませんでした。けれど、本当に正しい生き方だけは教わった。これは何よりも誇りに思っていいことです。もしあなたが、そんなことは大したことではないと思っているようだったら、バチがあたる」

「花束と抱擁〈隣家の犬〉」

インドは初めてという同行の大学生二人に、途中の茶店でお茶を飲ませ、インド式というか東南アジア風のしゃがむトイレを体験させることも一つの目的といえるだろう。使用した後は汲《く》んで来た水を流すが、もちろん水洗ではない。臭気もすればハエもいる。一般に最近の若い人は不潔に耐えられないし、日本と違う外国の暮らしにあまり興味がないのは、たぶん日本の教育が自分本位だったからである。私の十代、戦争中の日本の物質的貧困と、日々命を脅かすような危険は、今の日教組的教育がとうていなしえないほどの強烈な人間形成を私たちに与えてくれた。この皮肉を現代の教師たちはどう見るのか。

「私日記7　飛んで行く時間は幸福の印」

●沈黙に耐えられなければ、自分を深く考える時間がない

私たちは沈黙を教えられました。廊下を歩くときも沈黙。廊下は歩く所でしゃべる所ではない。電車の中も沈黙。大きな声で騒いだり走ったりするな、ですね。でも生徒はあまり守らない。すると電車の中にもいじわるな卒業生がいて言いつけるんですね。

しかし私たちは、重大なことを教えられていたんです。沈黙に耐えられない人間というのはろくなことがない。第一、自分を深く考える時間がない。話すことは、会話

の中で相手を見たり、自分の位置を決めたりすることですが、沈黙は誰と比較するのでもなく、自分はどうなのか、神の前で考えることですから。他人の魂の静寂も侵さない。沈黙に耐えられないと、刑務所の暮らしもできないでしょうね。素晴らしい教育でした。

「この世に恋して」

●すべての不幸は「ガラス越し」

日本人は穏やかな日本を離れて、わざわざ苦労して、犯罪も多く言葉も通じない外国に行く必要はない、と考える。ぬるま湯の中に浸かっているような穏やかな生活の中で、日本人は自分は貧困だと言い、人権や人道をうたうのである。

日本人にとって、すべての不幸はガラス越しなのだ。「かわいそうねぇ」と同情する方は、何の痛みも、寒さも、空腹も感じない。

「人生の原則」

人間らしい言葉も使えない、読書もしない若者たちに、裁判で語られている人の苦悩がわかるはずはありませんから、裁判には最初からあまり期待しないというのが、実感です。「愛」というものを全く問題にせずに、人権でことをかたづけようとする人々が不思議と思われない社会ですから、司法が生命力を失っても当然です。

「生活の中の愛国心」

●絶対に平等ではありえないこと

私は今、犬も猫も飼っていないのですが、番組を見ていて感じたのは、人間の子供も犬も躾《しつけ》は同じなんだな、ということでした。

とりわけ幼児には「大人に従い、教えられるという位置」をきっちり確認させなくてはいけません。犬の飼い主が「シッ」とやって教えるように、幼児にも、初めは家の中でも外でもしてはいけないことをはっきりと教える。可愛がるのはいいんですが、ベタベタの猫かわいがりは絶対にだめということです。

戦後、日教組が「人間はみな平等」というおかしな平等意識を作り上げましたが、先生と生徒は決して平等ではありません。中にはおかしな先生がいるとしても、知識において先生は子供より絶対的に卓越した存在ですから、平等ではあり得ない。それと同じように、子供は小さい時は親に庇護される者であり、いつかは追い越して親の方が庇護される日が来るとしても、絶対に平等ではないのです。

平等でないのは少しも悲しむべきことではなくて、やがて柔軟で豊かで個性的な人間関係に変わり得るものだということがわからないから、そういうおかしな論理になるんですね。

「人間の基本」

主人は三多摩生れで、その当時は今とまるで違う田舎ですから、弁当を持って来られず、昼食の時間になるとずっと校庭で遊んでいる子も珍しくなかったそうですが、かつては貧しい子、他の子に比べて家庭的に恵まれない子はどこにでもいました。

現代でも片親だったり、経済的に余裕がなかったりする家の子はいますが、「平等」

というあり得ない建前で隠そうとする風潮があります。しかし、子供には子供なりの理解力も対応力もあるものです。運動会で家族が観に来られない子がいたなら、「おい、ここ来て一緒に弁当食いなよ」と誰かが声をかければ済むことです。

私の父は戦時中に直腸がんを患い勤め先の軍需工場で働けなくなったので、生活は少し苦しくなりました。私の同級生の中には裕福な家の子もいて、志賀高原や逗子の別荘によく私を招んでくれましたね。すると私はほいほい出かけて行って美味しい物をご馳走になり、かわいがってもらったものです。何もお返しはできませんでしたが、それが辛いとは思ったことはありません。

貧乏でも卑屈にならない。裕福だからといって金持ち面《づら》もしない。子供同士のつき合いに親の社会的地位や経済環境を持ち込まなかったし、大人の側が斟酌《しんしゃく》する必要もなかった。世の中に平等などないと分かった上で、人間としてごく単純なつき合いができたからこそ、卒業して何年たっても「いい学校だったね」とお互いに言い合えるのです。

中には三千坪以上もあるお屋敷に住んでいる子がいて、大手メーカーの社長令嬢とは知らずに行って驚いたこともありました。もちろん、すごいな、羨ましいな、ぐらいは感じてもそれだけのことです。もしそれを見て、自分もいつか金持ちになりたいと奮起するなら、たとえ凡庸でも一つの奮起の形です。人を羨むことを一面だけで悪と決めつける方が、ずっとつまらない反応ですね。

どれだけ「格差はいけない」と連呼したところで、格差のない世界など存在しません。妙な平等主義で現実まで隠してしまうと、真の友人などできようがありません。

「人間の基本」

一時期、教育の情熱は、平等や公正といったものに対して、異常な執着を見せました。私たちは当然これらのものを希求しますが、それはこの二つが人生で行われるのは、ほとんど至難の業ということを知った上でのことです。

「生活の中の愛国心」

「運」も「才能」ももともと不公平なものだからです。どの国のどんな家庭に生まれたか、親からどういう容姿・才能を受け継いだか、人間は生まれた瞬間からもう、平等ではないのです。

つまり、「運」や「才能」はいわば宿命的なものです。しかし、それらは直接、その人の幸不幸とは関係ありません。もちろん、努力して運を切り開くことや、努力で新たな才能を開発することはできるでしょうが、出発点も到達点も各人各様のうえ、その得た結果の質もさまざまですから、決して平等にはなりえません。

「幸せは弱さにある」

戦後教育の危険性は、はるか以前から意識されていたが、ここへ来て、教育の欠陥の病状は俄《にわ》かに明らかになった。

戦後教育は、人間が希求するものと、現実の姿とを混同した。私たちは自由を求めるが、しかし人間が完全な自由を得るということは至難の業である。私たちは平等を願うが、人間は生まれた瞬間から、平等ではない。運命においても才能においても生まれた土地においても、私たちは決して平等たりえない。

しかし私たちが自由と平等を、永遠の悲願として持ち続けることは、当然である。私たちは偶然、日本を祖国として生を受け、その伝統を血流の中に受け、それぞれの家族に育《はぐく》まれ、異なった才能を受けて生きてきた。その歴史を持たない個人はなく、その個性を有しない人もいない。それはまさに二つとない人生であり、存在である。教育はその貴重な固有の生を育て、花を咲かせる以外、最も見事な収穫を得る方法はない。

「なぜ子供のままの大人が増えたのか」

●憎しみによっても教わる

「憎み合っている親子というのも、世の中では意外と多いと思うのよ」（中略）「ただ、親子の間の憎しみっていうのは他人に対する憎しみみたいに単一じゃないから、それで苦しむのよ。でも、もし憎んでいるとしたらね、藤原君が。そしたらそういう親にはうんと感謝した方がいいと思うわ」

「どうして」
太郎が藤原に代って尋《たず》ねた。
「だって、本当の憎しみを教えてやれる人なんて、人生にそうそういないの。そして愛によって教えられるのが一番いいんだけど、もしそれが不可能だったら、憎しみによっても、同じものを教わるのよ。そこがおもしろいところよ」

「太郎物語（高校編）」

人間は、時には好意をもって、時には憎悪によって相手を理解する。好意だけで、相手を完全に理解できれば、こんないいことはないのだが、人間の眼が鋭くなるのは、多くの場合、憎悪によってである。

いずれにせよ、我々は相手を見る目利きにならなければならない。善意だけあって、相手が何を考えているのかわからないようなお人好しを作るのも迷惑至極である。

「ただ一人の個性を創るために」

かつてエジプトのサダト大統領は、イギリスとエジプトとの関係の歴史的な変遷を聞かれた時、「この世には永遠の敵はいない」と答えた。しかしその言葉は、ほんとうは「この世には、永遠の敵も、永遠の友も、いない」という言葉の一部だったのである。

日本人の視点、日本人の教育の視点には、こうした大人の思慮の苦さが欠けている。つまり勇気を持って真実を告げることをしないのである。そしていい年をして誰をも敵視せず、相互の協力や協調で国際社会に貢献する、などと子供のようなことを言う。いつになったら、日本人は現実を子供に教えられるほどに成長するのか。ベストなどということはこの世にない。私たちはただベターを探し求めるのである。

「ただ一人の個性を創るために」

●殺さないでは生きられない

子供たちに生あるものを労《いたわ》るような癖をつけるのはいいことである。しかし私たちは動物を全く殺さないで生きてはいられない。そして教育の世界においても、このことはきちんと教えられなければならない。しかし最近の動物愛護には、いささか眼に余るものがある。

自然界の動物は、決して穏やかな共存のルールに従って生きていたりはしないのである。日本人の理想とするようなアフリカの、完全に自然を保った動物公園や自然保護区やサファリパークでは、やはりライオンは、羚羊《れいよう》や野牛を倒して生きている。

理科の実験で蛙《かえる》を解剖するのは、確かにあまり気持ちのいいものではなかった。しかし改めて言うこともないのだが、人間がさまざまな病気から逃れられたのは、数多くの実験動物を使った研究の結果なのである。

「二十一世紀への手紙」

●生きることは厳しく辛いことだという教育

私の母が私を道連れに自殺しようとしたのは、私が小学校高学年の時である。私は今でも母が死のうとした理由を正確には言えない。母といえども他人である。しかし母が死ぬほど結婚生活がいやだったということだけは確かであった。

今の私は態度が悪いから、死ななくても、さっさと離婚すればよかったのに、などと思う。父が意地悪をして、離婚すると言えば母に一円のお金もくれない。母は食べられないからガマンして結婚生活を続けていたのだ、といくら説明しても、今の人は「スーパーでバイトしたら？」「生活保護があるじゃないの」と言う。スーパーも生活保護も当時はなかったのである。もっとも当時はあって今はないものに乞食という生き方があった。橋の上や駅の構内に座って、罐詰《かんづめ》の空き缶に小銭を恵んでもらう人たちである。

私のほうが明らかに母より強いと思うのは、私は母と違って乞食ができる。母はそんなことをするより死んだほうがましだと思ったのに対して、私はそれを途方もない異常なこととか、みじめなこととか考えないだろう、と思える。

母が自殺を思い留まったのは、私が泣いて「生きていたい」と言ったからである。母は本気で死ぬつもりだったのかどうかもわからない。本気なら、その時までに、刃物で私を刺していたろうとも思うからだ。

私は大きくなってからもずっと、自殺の道連れになりそうになった体験など、すべての人にあるのだろうと思い込んでいた。そんな経験がない人が多いのに驚いたというのが、私の愚かさで、今では笑いの種である。

今日の結論は、教育的に見て、私の両親はいい人たちだったということだ。私に生きることは厳しくて辛いことだと心底教えてくれたからだ。今日では、そんないい教育はほとんどの人が受けられない。

「ただ一人の個性を創るために」

私たち人間はすべて生かされて生きている。

誰があなたたちに、炊き立てのご飯を食べられるようにしてくれたか。誰があなたたちに冷えたビールを飲める体制を作ってくれたか。そして何よりも、誰が安らかな眠りや、週末の旅行を可能なものにしてくれたか。私たちは誰もが、そのことに感謝を忘れないことだ。

変化は、勇気と、時には不安や苦痛を克服して、実行しなければ得られない。

私たちは決して未来に絶望していない。道は厳しい。しかし厳しくなかった道はどこにもなかった。だから私たちは共通の祖国を持つあなたたちに希望し続ける。

「なぜ子供のままの大人が増えたのか」

4　親は子どもにとって「土」である

●子どもは親の生き方の美学を踏襲する

人間はどんな環境の中に置かれても、伸びるべきものは伸び、育つ筈《はず》のものは育つ。反対にいくら子供に望んでも、素質のないことや子供自身に意欲のないものは、いくらすすめてもダメだったのである。

それでもなお、どこか遠い所では、子供は親の生き方を或る程度は踏襲するだろう。親の美学には、影響力を受ける面もある。美学は正しい正しくないの問題ではなく、一つの生き方の好みの方向づけをするもので、私には決定的に重大だと思われるのだが、そのために、子供をとりまくすべてのことが子供の精神に（どのような因果関係をもつかは別として）何らかの、持続的な、慢性的な影響を与えるものとして、なおざりにできないどころか、深く恐れなければならない、と思うのである。

「あとは野となれ」

教育という川の流れの、最初の水源の清冽な一滴となり得るのは、家庭教育である。

学齢期までの子供のしつけは父母の責任と楽しみであり、小学校入学までに、既に生活の基礎的訓練を終えて社会に出すのが任務である。

即ち、家庭においては父や母の愛と庇護とその決定権のもとにおき、団体行動に従えること、挨拶ができること、単純な善悪をわきまえること、我慢することなどの基礎的訓練を終えることとし、それが不可能な子供に対しては父母だけに任せず社会の叡智を集めて外部から助けるべきである。なぜなら子供は、一軒の家庭の子供であると同時に、人類共通の希望だからである。

通常子供は褒められることと、叱られることとの、双方に親の愛情を感じる。褒められるばかりの子供は、しばしば叱られるために悪いことをするようにさえなる。しかし叱る場合にも、親は心理的余裕と、その教育的効果を落ち着いて判断できる状態にいなければならない。

また子供は、父と母を本当は尊敬したいのである。故に父が直面している生活の厳しさ、その成功例と不成功例は、共にたいていの子供が深く愛する話となる。父の職場を家族に見せる気運を社会に望みたい。

また家庭にあるときの母は、一つの重厚な存在感として子供の心に残る。父も母も理想ではなく、人間の存在の証《あかし》として認識されれば、それで家庭教育は成功したのである。両親は、子供が最も理解しやすい、人生で最初の教師である。

「なぜ子供のままの大人が増えたのか」

ばばちゃんは朝五時におきて、目下のところ十坪ばかりの「広大な農園」に出る。鍬《くわ》を使う手つきが実にいい。

ばばちゃんの生涯は私はざっとしか知らない。とにかく、体の弱い旦那《だんな》さんとの間に六人の子を生んだ。それでも働きに出なければならなかった。病院のつきそい婦、旅館の台所。いろいろな所で働いたが、どこへ行ってもばばちゃんは明るい人であった。旅館で、一日に八十枚の浴衣《ゆかた》を手洗いした話もしてくれる。「いい加減に洗うみたいだけど、襟《えり》と袖口《そでぐち》はちゃんと別に石けんつけて部分洗いするんだよ」とばばちゃんは言う。大変なきれいずきである。

そばにいてもやらない母親でも、子供たち（皆中年だけれど）は賢く育った。ばばちゃんは宿題をみてやることもない母であったろう。働きに出ているのだから、母の心のこもった弁当なども作ってやれなかったに違いない。

　しかしばばちゃんは一度も、まっとうな感覚を失ったことがなかったのである。それは、自分のために労働を愛すること。人間の生活の基本的な要素を忘れないこと。この二点であった。人間は働き、植え、育てて、自分が生きるものなのである。金を払ってインスタント・ラーメンを買って食べればいい、というものではない。子供の受持の先生に贈りものをして、点の手加減をしてもらおうというような浅ましさとはおよそ正反対の、限りなく自然で、賢く、正確な生き方を、ばばちゃんは一度も見失ったことがなかったのである。そのために子供と一緒に暮さなかった母親でも、偉大な影響力を与えることができたのである。

　もっともそれとても、ばばちゃんの子供たちが、そのような変格的母親を容認し受け入れる心身の健康があったからだ、と言えば言えないことはない。いくらばばちゃんがまっとうに生きても、子供がばかならば、働かないで暮す方法はないものかと、しきりに思うであろう。私はその程度にしか教育というものの成果を期待しない。

　前に私は親が自ら生き方を示してこそ教育だ、という意味のことを書いた。その時、私の心にあったのは、直接なことで、つまり、本を読め、と口先で子供に言いながら、自分がテレビばかり見ているような親（その数は決して少いとは言えないだろう）のことを想定していたのだった。しかし子供と共に勉強しても、その背後にさらに人間としての豊かさ、しっかりと大地に根を下したような姿勢がなければ、子供は根本のところで、骨の太い人間にはなりえない。まっとうな人間というのは東京大学を出ていても、知能指数が一八〇あっても、なりうるとは限らないところがおもしろいのである。

親は子供にとって、土である。成育の直接原因ではないが、よくも悪くも、深い影響を及ぼす。私たちは果して子供たちにとってどんな土壌だったのだろうか。

「絶望からの出発」

人間的、という言葉には、あらゆる要素が含まれる。便利な言葉だと言いたいところだが、それ以上である。

老人になって最後に子供、あるいは若い世代に見せてやるのは、人間がいかに死ぬか、というその姿である。

立派に端然として死ぬのは最高である。それは、人間にしかやれぬ勇気のある行動だし、それは生き残って、未来に死を迎える人々に勇気を与えてくれる。それにまた、当人にとっても、立派に死のうということが、かえって恐怖や苦しみから、自らを救う力にもなっているかもしれない。

しかし、死の恐怖をもろに受けて、死にたくない、死ぬのは怖い、と泣きわめくのも、それはそれなりにいいのである。

人間は子供たちの世代に、絶望も教えなければならない。明るい希望ばかり伝えていこうとするのは片手落ちだからだ。

一生、社会のため、妻子のために、立派に働いてきた人が、その報酬としてはまったく合わないような苦しい死をとげなければならなかったら、あるいは学者が、頭がおかしくなって、この人が、と思うような奇矯《ききょう》な行動をとったりしたら、惨憺たる人生の終末ではあるが、それもまた、一つの生き方には違いない。要するに、どんな死に方でもいいのだ。一生懸命に死ぬことである。それを見せてやることが、老人に残された、唯一の、そして誰にもできる最後の仕事である。

二十何年か、月日の経つ事の早さを春山夫人は今更ながら思い返していた。断じて死なすまいと思いつめて、楽しさと同時に緊張や苦悩で始終切羽つまった思いで育てて来た薫が、また子を成す年頃になった。薫は子供を沢山生み、楽々と育てて行くだろうか。その望みは甚だ薄いように思われた。自分にも薫にもその素質はなさそうだった。それは明らかに一つの素質だ、と春山夫人は思った。子供は、母親が何かを考えていては育ちにくいのであった。それを思えば、たとえどのような事態がおこっても、四人の子供を育てあげ、自分も決して小心な亭主を我慢したりはせずに、生き生きと生きたいようにこの世を生きて来た、おいしさんの、雑草のような生活力の強さから来る無謀さを夫人は非難することが出来なかった。

「無名詩人〈路傍の芹〉」

「そうかなあ、お父さんのいうはかなくない生き方というのはどういうんです?」
息子は、運ばれて来たもも焼きをほおばりながら尋ねた。
「具体的にはわからん。しかし、何か一つ仕事に命をかけることだ。命をかけるといっても、爆弾三勇士みたいに、敵陣を突破するというような単純なことに、実際の命を捨てろ、というんじゃない。精神的に命をかけるんだ。少なくとも、父さんが若い頃《ころ》は、それを男の本懐に思った。自分でなくてはやれない仕事をする人間になろう、と思った」

「僕は楽しく、人生を生きられればいいんです。僕は本当の平和愛好者なんです。お父さんのように、命をかけるような仕事をうっかり見つけたりすると、その仕事を守るために、誰《だれ》かと闘いたくなる、という場合だってでてきますよ」

お前のような生き方は、人間が生きているということにはならないのだ、と教授は言おうとして黙った。誰が人間らしい生き方というものを規定できるのか。かつて人間らしく、雄々《おお》しい生き方だといわれていたものが今でもなお本当に人間らしく雄々しいか。

越はそこまで考えると、今更この息子に自分の判断をおしつけることは出来ないような気がした。少なくとも秋穂は自分のように高慢な人間ではなかった。高慢さのない人間というものを越教授は昔から軽蔑《けいべつ》していた。ひと知れずもっている男の高慢さというものは、男にとって欠くべからざる要素の一つだった。それは男の誇るべき体臭のようなものであった。しかし秋穂のような考え方をすれば、その事自体が一つの束縛であろう。秋穂は世の汚濁の中に素直に身を沈めることで、却《かえ》って自由を得ている。少なくとも憐《あわ》れまれなければならぬのは父親の方だ、と息子は息子で思っているだろう。

「二十一歳の父」

小さなことに厳しすぎる父の重圧を逃れるために、母はよく小さな嘘をついていた。それを見ていて、私は「嘘をつくのも必要だなあ」と子供の頃から理解していたのである。と同時に、くだらないことで家族を騙すような暮らしだけはしたくない、と思ったのも事実である。

「働きたくない者は、食べてはならない」

昔から、たとえば、八百屋さんの一家があると、忙しいお母さんは、子供が何か話しかけても、ろくろく返事もしてやれない。だけど、そういううちの子だから、と言ってぐれたりはしなかったものです。生活がかかっているのを子供だってひしひしと感じていたからです。

「親子、別あり」

●誇りを持たせる

誇りを持たせる、ということもその一つのやり方だろうか。

子供を大人の世界に巻き込まない、子供に大人の世界の醜さを見せたくない、という考えの家庭に対しては、それも一つのやり方だろうとは思うけれど、我が家は反対であった。

私は夫婦ゲンカは子供の前でした。というより、ケンカをする時に、時と場所を選べないのである。愚痴は、できるだけ子供の前でこぼした。自分の弱み、ひとの裏切り、時には子供にも聞いて貰った。そして、「ごめんね、こんな話して」と言った。

私は教育のためにわざわざこうしたのではない。子供にでも言えば少しは気の晴れることもあった。そして心の底のどこかに、我が家に起こるようなことは、地球上のどこにでもあるはずであり、息子は早くからそれを正視すべきだ、という気持があった。

すると中学生の頃から、息子は、「世の中には、そういう考えの人もあると思うよ。そう思いたい人には思わせておやりよ」と、私に意見をするようなことを言い、「まあ、泣きたかったら、泣くほかはないから泣きなさいよ」と言ったりした。私は、泣きかけで笑ってしまった。

その時、恐らく息子は、母親の庇護者になった自分を見つけ出したに違いないのである。それは男の子にとって、何よりの勲章かも知れない。自分が庇護される立場ではなく、庇護する立場になるということ。それこそ、男性的な感情の根本姿勢であろう。

ある時、私の知人の、小さな会社組織の店が不渡り手形を出してつぶれてしまった。一家は住んでいた家も手放して、小さなアパートに移り住んだ。私立に上げていた子供も公立へ転校させた。親としては、子供を不幸にした、と一時は思い込んだのであった。

しかし、それまで、母親に甘えることしか知らなかった子供たちが、急に緊張して、黙って勉強もすれば、できるだけの手伝いまでするようになったのである。「輝くような貧乏を体験しています」とその母は書いて来た。私はその一言で、彼らの生活の新たなそして真実な希望を読みとることができた。

「あとは野となれ」

しかし、私も少しは人為的に子供を教育はしているつもりなのである。

私は子供が正直な人間になることを願った。バカ正直などではない、ケタはずれに大きい自由な正直だ。そのためには、虚栄心も、権力へのへつらいもあってはいけない。とりつくろうこともない。

それから人間に対するとらわれない心を持つこと。私は年に一度くらい、息子にきちんとした服をきせて、できるだけもったいぶったレストランへつれて行き、ややこしい料理を食べさせる。どんな場所へでても、おどおどしなくてすむためだ。あとの三百六十四日は、地面の上にでもねられるように、折あらば訓練する。

そうすれば、彼は自分がただ、限りなく平凡なひとりの人間であって、それ以上の何ものでもないことを知るだろう。金や、住居や肩書や、そう言ったものが、人間の本質の上で、ほとんど意味を持たぬことを知るだろう。そして他人に会うとき、彼は場所や、衣服などによって不当に相手をあがめたり、みくびったりすることもなく、いつもただ、一人の大切な「人間」として向かい合うことができる。

「あとは野となれ」

父は時々暴力をふるったので結婚生活が苦しかった母は、何があっても一人で生きられるようにと私を厳しくしつけました。まき割り、お風呂たき、トイレ掃除、料理、何でもできるようになりました。

ことに母はトイレのお掃除を、まだ小学校の低学年のときから私にさせていました。人間の生活の中で、汚物の処理というのは非常に大事なことでだれかが必ずやらなければならない。それをやってくださる方に私たちは常に感謝を持たなくてはいけないという発想なのです。そしてまた、生活の基本に結びつくようなそういう仕事に従事することは、少しもいやしむべきことではなくて、むしろ胸を張ってやるべきだというのが母の考えでした。

「この世に恋して」

●望むものを与える

私が仕事をしていた上で、私はひとつだけ子供によいことをしてやれた。それはいわゆる神経質な母親にはならずにすんだことである。

小さいとき、私自身はピクニックへ行けばりんごもナイフもアルコール綿で拭くような生活をさせられていて、親の心づかいとしては充分に感謝しなければならないのだが、そのせいかひどく体が弱かった。私は子供には自然な生活を望んだ。床に落ちたアメ玉もしゃぶらせ、ご飯を食べなくても、いちいち心配しなかった。人間は、一日や二日、水さえのんでいれば餓死することはないし、ほっておけば人間は心理的にがつがつして実際の食欲もでるのである。私は彼がつねに与えられてしまうのではなしに、望むものを与えようとしたのである。

　この方法が比較的うまくいったように思ったのは、小学校の高学年のとき、息子が数人の友人を海へ招んだときであった。私たちの家は、畑の中に立っている。その土地の産物を食べるのが自然だから、私はそこへ行けば、いつも地主さんの家から新鮮な作物をわけてもらうのだが、何しろ、この大都市周辺の近代農業というのは、形が変っていて、春はキャベツ、夏は西瓜《すいか》、冬は大根と、この三つしか作らない。玉ねぎなど農家の人も農協で買うのだ。

　それは夏であった。私は西瓜を五つ買って玄関に並べた。うちの家族だけでも、ここへくれば、一日に一個たべる。子供たちに、思う存分、とりたての西瓜を食べさせてやりたいと私は考えた。

　ところが、都会育ちの子供たちは、どうも様子が違うのである。彼らは魚より、鶏のモモのフライの方がいいらしい。野菜サラダには手を出さない子もいる。食後に太郎が、

「西瓜たくさん食えよ」

　と言っても、皆もじもじしている。アイスクリームあげようか、というと、今度は

はっきり「うん」と言った。

「どうして、西瓜嫌いなの？」

と私がきくと、

「だって種をとるのがメンドくさいもの」

と答える。傍で太郎がひとり、がつがつと西瓜をたべている。この子はいまだに西瓜はごちそうなのである。


「あとは野となれ」

●子への礼儀

私は今、ものを捨てることにも情熱がある。

亡くなった母は、死後、寝間着代わりの浴衣とウールの着物が数枚、私が「他人にあげちゃだめよ」と言っておいた紬《つむぎ》二枚（これは自分が着るつもりだった）、帯が一、二本、病院へ行く時のための草履をたった一足だけしか残さなかった。ましなものは早々と姪や他人にあげてしまっていたからである。私は母の遺品の始末をするのに、文字通り半日しかかからなかった。それは人が世を去るに当たっての最大の礼儀のように私には思えた。

「人生の原則」

「礼を失せず、自分の利益を求めず」は、エゴイズムの否定です。礼を尽くすとは、他者に配慮して自分勝手にふるまわないことです。その対象は他人ばかりではなく、親しい家族まで含まれます。

家族であるというだけで、何となく愛情はあって当たり前、どんなふうにふるまってもわかってもらえると思いがちですね。私もそう思っていたのですが、聖書のこの箇所を知ってから、それは甘えだと気づきました。「家族なんだから、好き勝手に気楽にできる」と思うと、怒りやイライラをぶつけたり、わがままを言ったり、力になってもらったのに感謝することをさぼったりで、見苦しいふるまいをします。それは明らかに愛ではないと、パウロは言っているのです。

「幸せは弱さにある」

●子どもの「保安」を達成するための勇気

これは或る、地方に住む母親から実際に聞いた話である。

「うちの娘のうけもちの先生は、男のくせにヒステリーなんですよ。宿題や、教科書を忘れたというだけで、すぐに立たせるんです。それも、ただ立たせるんじゃありません。わざわざ寒い廊下に立たせるんです」

そこは豪雪地帯である。だから、廊下の気温は、零下になるかも知れない。

「隣の組の先生が言いなさるんですよ。あんまりかわいそうだから、見るに見かねて、とりなそうと思ったけど、うっかりやると、お宅の××ちゃんの先生はヒステリーだから、却《かえ》ってきびしくなると思って、言えないってね。

宿題や本を忘れて行くのは悪いけど、そんな体罰を加えられなきゃいけないこととは思えませんの」

私はそのお母さんに、受持の先生に抗議に行ったか、と尋ねた。

「いいえ、行こうかと思いましたけど、後が怖いですもの。何しろ。その先生のヒステリーは、それほど有名なんですから」

もちろん、本来なら詳しい事情もわからず、自分の子供がその立場にいるのでもない私は、この問題に発言する資格はないように思う。しかし、私は雪の深い土地の小学校の廊下を想像しながら、そこにあるのは、何と日本的な感情の処理法なのだろう、と思った。私は「日本的な」ということを、悪い、と言っているのではない。文字通りそれは「日本的な」だけである。

そこには、「教育的」な要素より、「世渡り」の匂いが濃く立ちこめているように私は思う。今、「ヒステリー」といわれる男の先生は一応、そのままにおいておくことにする。私は男のヒステリーなどというものは金輪際《こんりんざい》なおらぬものだと思っているからである。この話の中で、お母さんは立たされている子を憐れんでくれた隣の組の先生に、人間的な親しみを感じているようである。しかし、果してそれほどに、隣の組の先生は人情的なのだろうか。私はむしろ逆であった。隣の組の先生は立たされている子が凍えはしないかと恐れた。それなのに、報復や同僚の仕事に口をさし挟んで怨《うら》まれることを恐れて、何も言わないのだとしたら、ヒステリーの男の先生よりその配慮のほうがもっと始末に悪い。

もし子供の健康が気づかわれるほどの寒さなら、その先生は後でヒステリー先生と大ゲンカをすることになっても、立たされている子を自分の教室に入れてやるべきなのである。私なら必ずそうする。人情先生には「勇気」というものが全く欠けているのである。

しかし、現に、この子は凍死もせず、風邪をひいて肺炎になることもなかった。とすれば、子供はその体罰を立派に受けとめる体力を持っていたのだ。そのヒステリー教師のやり方は、それほどまちがっていたとも言えない。

しかしそんなことを言っていて、万が一、子供の健康を損ねるようなことでもあったらどうするのだ、という論理もなり立つ。そう思ったのなら、母は決然と立ち上らねばならない。子供がどんなに先生をナメてもいいから、生命に別状ないようにするために、とにかく寒い所に立たせるのは違うと言って、学校へのりこめばいいのだ。しかし母にもその勇気はない。そしてかげでひそひそ文句を言い、子供が死ぬような事故がおきて初めて喚《わめ》く。

今や、学校教育、家庭教育を支配している根本的な情熱は「恐怖」ではないか、と私は思う時がある。誰もが猫の首に鈴をつける役にだけはなりたくない、と思っている。要するに、親はともかく学校や先生が怖い。何より子供が怖い。子供にアイソづかしをされたら、もう言い返す自信がないからである。先生は同業者と親が怖い。いや、ほかにも、その町の有力者が怖い。だから教育の本質よりも、世渡りのテクニックが幅をきかせるようになる。勇気とは、他人にさからっても正しきもの、自分の好みの生き方を守り通すことである。(中略)

話をもとに戻すと、たとえ小学校一年生であろうと、もし自分が寒さに耐えられないと思ったら、敢然と、家へ帰ってしまうなり、よその教室に入ってしまうなりして、ヒステリー教師から自分の身を守らねばならない、と教えるつもりである。それが子供の責任であり、才覚であり、勇気である。どんな子供であろうと、最終的に自分の身を守るのは、自分の体力であり知恵であることを、私は早くから教えたいと思う。学校が守ってくれる、警察がとり締ってくれる。厚生省(現・厚生労働省)が考えてくれる、そんなことを当てにしていると、人間はいつ迄《まで》経っても、自分を鍛えることができない。突発的な事故か完全な暴力をのぞいてあらゆる外的条件が、本質的に一人の人間を全面的に生かしたり殺したりすることがあってはならない。もしそういうことがあるとすれば、それは何よりもその当人に弱さがあるのである。

「絶望からの出発」

子供の「保安」を達成するには、政治的な体制を作って行くと同時に、あくまで親の責任の部分もあるのだという当り前のことを、改めて言わねばならぬ時代になってしまった。何より非教育的なのは、あらゆる好ましからぬ結果は、すべて社会の責任だとする「外罰的」な親の態度である。

昔は何であれ「子供を死なせたのは、私です」と言って親は泣いたのであった。子守が赤ん坊を落して首の骨を折って子供が即死した。それでも、母親は「不注意な子守に子供を預けたりして、私が悪かったのです」と言って泣いたのであった。今は違う。「子供を預ける適当な施設がないから、こういう結果になったのです」という言い方をする親がいるという。

幼児はまだ何も理論的にはわからない。しかしその時にこそ、親の生き方を只態度から感じとる。「外罰的」に、つまり、原因や責任はすべて外におしつける母親にふれていると、子供の精神構造は、そのような無責任な形からスタートすることはまちがいないように私は思う。

5　子どもに教育が必要なら、親にもそれ以前に教育が必要

●死ぬまで自らを教育し続けること

教育が、教育する側と教育される側とにはっきりと別れるという考え方も、私は時々恐ろしいものに思う。

たとえば算数を教える時、教える側が教師で教わる側は生徒だ、という関係はなり立つ。しかしそれは比較的単純な技術の教育に関する場合だけである。

教育は全人的なものだということを、私たちはよく耳にする。教育は小手先、口先でするものではない。もしするとすれば、全人間をあげてするものなのである。

現代は教育不在の時代なのかどうか、子供が大きくなってしまった今、私にはよくわからない。只、風俗的なニュースとして耳に伝わる限りでは、教育そのものより、教育技術が先行している時代だということは言えそうな気がする。そしてこの技術先行の不均衡は今後ますます、ひどくなるかも知れない。なぜなら、親たちの多くの求めるものは、子供に知識、或いは学問技能の部分がしっかりと身につくことであって、総合的な人間の豊かさでない限りそうなるのは明瞭である。総合的に豊かな人間などというものは、むしろ生きて行く上にヤッカイなものである。それは懐疑的であろうし、分裂的であろうし、入学試験にいい点をとるためや出世街道をひた走るためには、決してプラスの働きをしないからである。しかし多くの親たちの求めるものは、さし当り入試に強い人間である。

私はそれは好みの問題だと思う。世評のいい大学に入れることが、目下のところ唯一の目的というなら、それはそれでいいと思う。これは或る意味で簡単明瞭で迷うことがない。それでは子供の人生は貧しいものだなどとハタから言ってみても、「学校のできないお子さんの親ごさんに限って、よくそうおっしゃるわね」と切り返されるだけが落ちである。学校はこの場合、つまりは、ヨミ、カキ、ソロバンを教えてもらうところなのである。聖職ではなくて、労働者だと自ら宣言された先生に期待できるのは、つまり技術教育だけじゃありませんか。人間的な教育なんてとんでもありません。と言われれば、不思議とつじつまは合って来る。

しかし私は頭の古い人間なのであろう。先生は先生であるというだけで敬うべし、と今でも思っている。これは人間関係の古い因習をウノミにしたポーズの問題ではない。教える人に尊敬を払うのは心理学的にも意味があり、宗教上から考えても当然なのである。そして、私は教師も親も、教育の技術だけではなく教育そのものを目ざすならば、そこに教える側と教えられる側にはっきりと別れるという感覚を持った瞬間から、堕落が始まるような気がするのである。

教育の根本の姿は自らを教育し続けることなのである。生きる限り、（完成しないことを知りつつ）自分を自分の理想とする方向へ一歩でも近づけるようにするという行為から、すべての教育は始まるのである。

「絶望からの出発」

教育というと子供のためのものだと思いがちだが、実は大人にも死ぬまで必要なものである。

もちろん多くの人がその必要性を知っている。ここ二十年ほど、と言っていいだろうか、生涯学習ということを人々が文科省指導型ということではなく、日本全国で自発的に考えるようになり、事実多くの人が何らかの学習の機会を生活の中に取り入れている。大学の教室に社会人を入れているところは、教室の空気もよくなるという。自分より厳しい大人の眼に「見られている」という一種の緊張感で、私語や、居眠りや、ケータイを使うなどという、だらけた空気をなくす効果があるらしい。

しかし私は、最近外国に行く度にしみじみ思うことがある。それは日本人は世界的にかなり会話が少ない民族性を持っているということである。（中略）

世界的なレベルでも知能の高い日本人が外国語の会話の才能のないことは、信じられないほどである。多くの大学教育を受けた日本人が、食事の席で外国人が両隣に座った場合、片言でもいいから何か自分独自の世界観、哲学、信条、ある国や土地の印象、家族の姿などを述べられるという例は、極めて少ない、と言うべきかもしれない。彼らはどうしようもなく、ただ黙ってご飯を食べる。

食事の時には、フォーク・ナイフの使い方と同じくらい、その場に適切な、適度な会話を続けることが必須条件だ、ということさえ学校で習わなかったからだと言える。なぜなら、学校の教師自身に、それらのことのできる人がほとんどいないのだから仕方がないのである。

この結果、日本人は、外国語の世界では、普通程度の知能さえ持ち合わさない人として遇される羽目になる。何も言わずにただ黙々とものを食べているだけの人物を、一人前の知識人として認識することは誰にとっても無理がある。

「ただ一人の個性を創るために」

日めくりについている格言には、人間が己《おのれ》を律することを、一つの信仰に近いものと見ている面もあれば、同時にそれを世渡りの術として使おうとする哀《かな》しい配慮も臆面のなさも感じられて、私はやはり、人間に深いいとおしさを感じてしまう。

格言の中には「早起きは三文の得」などというのもあって、懐しい気分になる。私は物書きとしては早寝早起きだろうと思うけれど、冬の寒い日には、暖かい蒲団の中からどうしても出たくない。心理学者に言わせれば、人間には胎児の時代の記憶があって、暗く暖かい子宮の中に丸くなって戻って行きたいという欲求があるのだそうだが、それを考えれば私のような怠け者の心こそ自然で早起きはむしろからだに悪いのかもしれない。

「笑う門には福来る」というのも一般論としては本当なのだろうが、私は、一生ににこ明るく笑いながら、妻が死に、娘が死に、家が空襲で焼け、一生ろくなことがなかったある職人さんを知っていたりするので、これを信じることは一種の凄絶な戦いの予感にふるえるような気がする。サローヤンの小説には、笑うと泣き顔になるという少年の話があった。しかし情報の時代などといい、大のおとなまで色つきテレビが四六時中傍でちらちらしていないともう落着かなくなった、という時代に、壁の日めくりに、突如として「沈黙は金」などと読めるのは気持のいいものである。
私は来年こそ、ぜひ日めくりを壁にかけたいと考えている。

「あとは野となれ」

私は性格としても、作家という職業人としても強欲でしたから、同じ人生を人より濃厚に味わいたいと思って生きてきたのですが、人生はすべての人と物から学べるおもしろさに満ちていました。私は善人からも悪人からも、その中間の人からも学びました。幸福からも不幸からも学んだのです。

「生活の中の愛国心」

●教育に勇気は不可欠

人間の生活の様式とその美学は十人十色である。変っていてこそ個性ということができるくらいだ。それならば、たとえ自分の考えが他人と違っていても、堂々と意見を言い、他人もそれをその人の生活の美学として認めるべきなのである。たとえ認められなくても、正しいと思われるものなら、一人、静かにその意見をもちこたえるのが、真の人間らしさと言うものである。(中略)

どのような母親も教師も子供も、多分、まるっきりまちがわずに済むことはないのである。いいと思ってやったことが、そうでない結果を生むので、私たちはきりきり舞いさせられる。口惜しく、情ない。面目なく、泣きたい思いをし、何もかもするのがいやになったりする。

しかしそのまちがいを、自ら認めるのが恐らく勇気の本質なのである。誰もがまちがうのだから、自分もまたまちがうに違いないと思うのが勇気なのである。そしてまちがう可能性を怖れつつ、限りある善意と能力のなかで、居ずまいを正して、一切の権力から解放された自由の中で、自分の小さな信念を貫き通す勇気を持つことが、最も効果的な教育の姿勢であると思う。

どんなに眼のある正しい人間でも、勇気のない人は本当の教育者ではない。なぜなら、賢さと共に、勇気だけが人間が世の中の奔流に押し流されることを阻止できる。(中略)

戦争が終ると共に、「勇気」などという言葉はすてられてしまった。それは、爆弾三勇士や、軍神たちの物語と共に、人間には不要のものとされているようにみえる。しかし、私はそうは思わない。教育に「勇気」は不可欠である。なぜなら教育を受ける者と授ける者の第一責任者は、「自分」であり、自分を最も自分らしく保ち教育するかは、一《いっ》に「勇気」のあるなしに係って来ているのである。

「絶望からの出発」

●自分の教育の最終責任者は自分である

教育は本来、父母、当人、社会が共同して行うものであり、そのすべてが効果に責任を有する。親だけが悪いとか、社会が自分を裏切ったから自分はだめになった、などと言うのは口実に過ぎない。

自分の教育に責任があるのは、まず自分であり、最終的に自分である。

「生活の中の愛国心」

自分で自分を教育するほど、楽しいことはない。失敗した時、人のせいにはできないが、自分の思うように自分を創ることができるのは文句なしにおもしろいことだ。文科省が悪い、教育委員会がいけない、学校の教師がだめだ、親がひどかった、などということは、すべて言い訳に過ぎない、というのが、私の一貫した印象である。

「ただ一人の個性を創るために」

「母さんは折れない人だね」

太郎は言った。

「折れないことは、決していいことじゃないけどね。子供のことは、最終から二番目には、親にしか責任がないのよ。だから、周囲を全部敵に廻《まわ》しても、いいと思うことはがんばる他《ほか》はないんだよ」

「最後は、誰《だれ》なのよ」

太郎は、答えはわかっているつもりだったが、一応確かめるために尋ねた。

「子供自身よ」

「そう言うだろうと思った」

「ダラクしたら、第一の責任者は子供なのよ」

「わかってるよ」

「全面的に親のせいにしてほしくないね」

「わかったよ」


「太郎物語（大学編）」

●教育は捨て身でないとできない

聖書の中には、教育の基本姿勢を問う一つの恐ろしい言葉が記されている。

「罪なきものよ、石もてこの女をうて」

というキリストの言葉は、自らを罪なきものと思う者がもしいたら、出てきてこの女に石を投げろ、ということである。それははっきりと皮肉なまでに、罪なき者などという存在はこの世にはあり得ないことを暗示するのである。教育も同じである。教育するだけで、自らを教育しなくてもいい人間などあり得ない。

子供に教育が必要なら、親にも教師にも、それ以前に教育が必要なのである。自らを教育しつつあるという姿以外に、子供に愛し尊敬される教育の現場はない。それは教育の結果がうまく行っているかどうか（つまり教師に知識があるかどうか、親が物知りかどうか）ということとは直接関係ない。子供は結果と同時に、やはりしなやかな心でその過程を見ているのである。

「絶望からの出発」

子供が幼いうちは口で叱っておけば、納得していると思うのは大まちがいである。何度も書いたことだが、教育は捨身でないとできない。自分を正そうという（実際にはなかなかできにくいことだが）少くとも姿勢だけでもなければ、子供はお題目だけ言っている親たちのずるさを見抜いてついて来ない。

その代り本当に実践しようとしている親が、なかなかその弱さゆえにできないでいることについては、多くの場合、子供はよくわかって寛大なものである。ヘビースモーカーの母がある時、喫煙をやめようとした。毎日、辛くてしかたがない。幼稚園の子供は母親にチューインガムを持って来た。

「ママこれでもお食べよ」

そして友達に向っては、

「うちのママはタバコやめようとしてんだよ。男でもなかなかやめられないんだけどさ」

と誇らしげに語っていた。絵に描いたような美談ではないが、私はこの親子が大変好きになった。

「絶望からの出発」

学校の授業は、語学学校の会話のクラスになおせば、初級とか中級とか、授業料の安いグループのクラスに当たる、といえそうだった。会話を急激に上達させようとしたら、個人教授に限る。そのような意味で、自分にもっとも急速に有効に目的を持って、つまり漫然とではなく、多量の知識を与えるのは、幼い時には読書、中高生でも第一にはやはり読書、それ以外にコンピュータでも他の方途でも、とにかく自分で探し出したやり方で、知識に溺れるほど身を浸《ひた》すほかはない。
学校の時間だけで知識を得られることはないのだ。家でも勉強することだ。両親も家庭で勉強していることだ。勤めているお父さんやお母さんが忙しいのはわかり切っている。しかしほんの数分でも積極的に勉強しようとしているかそうでないか、一番正確に見抜くのは子供である。学校で子供に知識を与えることを望む人は、家庭でもそれに強力に協力しているのだろうか。

「ただ一人の個性を創るために」

五十歳を過ぎていたにもかかわらず、私は活動的にもなったんです。その一つが長年希望していたサハラ砂漠の縦断でした。
砂漠に行きたいという思いは、聖書を勉強すればするほどに強くなっていました。ユダヤ教もキリスト教も荒野で生まれた信仰です。つまり人間の中に、物質的にも精神的にも、大きく強烈な飢渇《きかつ》を覚えた人たちが、神を求める場所でしたし、人間はそもそもそこから出発したんです。その原風景を見たくなったんでしょう。中東や米国で砂漠を見たことはあったけれど、車で走っても何日も続く広大な無人地帯ではなかった。本当の砂漠は、電線がまったく見えない場所なんです。

人が一人もいない場所で人間は自分以外の誰と対峙《たいじ》するのか。それが信仰のもとですね。

自分を鍛えたいという思いもありました。病弱で一人娘だったから、母はピクニックでリンゴをむくときにも外側の皮をアルコール消毒していた。「お嬢様作家」に見られるのも精神面の弱さがあるためだろう、という気もしました。過酷な状況にも耐えられるようになりたい、どんな環境にもすくまないようになりたい、と思っていました。

「この世に恋して」

己れを教育しようとしない人に教育は不可能である、ということを私は信じている。しかし己れを教育しても、更に教育はまちがいなくうまく行くとは限らない。私はこのようにして絶望的な出発点に立つのである。

「絶望からの出発」

●自らを戒める

私たちは、他者から教育を受ける時も、自らを教育する時も、この地球上には、実に信じられないほど、多種多様な価値判断と複雑なものの見方があることを、自ら戒めて自覚していなければならない。自分がいいと考える価値観に、自らを閉じ込め、皆もそう考えるだろうとすれば、必ずピントはずれとはた迷惑を引き起こす。

「ただ一人の個性を創るために」

私は、先刻も書いたように、常識的な家に育ったので、家の中がとり散らかっているのより、きちんとしている方がいいに決っている、と思っていた。私の母がまた、そういう性格の人であった。さらしの肌じゅばんは、時々、さらし粉（昔は漂白剤などとは言わなかった）に入れ、きちんとアイロンを当てていた。シーツ、蒲団カバーなどで、薄汚れているものなど、ひとつもなかった。

結婚すると、私は、一応、もっともらしくしなければならないと思ったので、二人の居室（十二畳の洋室に、ベッド二つと机二つが入り、本棚もあった）をよく掃除した。夫の机の上に出ている本は、すぐ本棚に戻した。そして、なんと叱られたのである。

夫は、原稿用紙のはしを、鋏《はさみ》で切るということさえせず、手でひっさぶき、そこに下手くそな字で「サワルナ」と書き、それを、やたらに、糊で本に貼りつけた。それは、「この先地雷源」とか「落石注意」に相当するオソロシサを私に感じさせた。夫の机の上には、十五、六冊の本が放置されているようでいて、実はそれぞれ意味があって、そこに置かれている、というのである。

しかし、いずれにせよ、掃除するよりはしないほうが楽だったので、私はすぐさま、水が低きに就くように、楽な方へ傾いた。そして皮肉なことに、二十年が経ってみると、今は夫の机の上の方が、整然としており、私の方が乱雑になっていることが多い。

さて一方で、きれい好きの母は、次第に年をとって来た。もともとあまり丈夫な人ではなかったし、脚も不自由になって来た。この頃、私と母の間で、常に交される会話は次のようなものである。

母「今日もね、朝から、どうも膝が痛むのよ。薬も今以上、ふやせないしね」

私「あら、それなら、どうして起きたの？　無理しないで寝ていればいいのに」

母「お蒲団敷きっ放しっていうのは、気持が悪くていられないのよ。だから、ともかく、起きて、今、掃除だけしたら、また、膝が痛んで来たの」

私「埃で死ぬことはないのよ。それに、九時になれば、×子さんが、掃除に来てくれるのに」

（私は幸福にも、いつも、いい、家政の助力者に恵まれていた）

母「でもねえ、できるだけ自分でしたいし」

私「寝たままだって、きれいになるのよ。掃除器かけて、それでもまだ気になったらお雑巾をかたく絞って、畳の上を拭けばいいんだから」

母「でも、汚いままいるのは辛いのよ」

私（このへんから態度が悪くなる）「膝が痛いのと、少しあたりが散らかっているのと、どっちが辛いのよ」

母「どっちも辛いわ」

このような形の不幸を持つ人は、母だけではないであろう。昔から、自分の流儀を持ち、誠実な性格だった人が、年をとると、一層その傾向は助長されるようである。つまり、あらゆる人は、生きるためのやり方の好みを持っているが、それが全部いい、ということはないのである。そしてまた、その人の流儀は他人からみると、それなりにおかしく理解できない部分もある。

民主主義というものは、実にこの辺の苦悩から出たのである。それぞれに千差万別の人が、同じになることなど、決してできない。できているように見える場合もあるが、それは恐怖政治によるものである。もし自由が尊く、本当の自由を保とうとしたら、当然、人間はその中で千差万別になって行く。少くとも個性をもつ人ならそれが当然である。しかしそれを超えて、私たちは何とか生きていかねばならない。

「あとは野となれ」

教育というものは人間を決して根底から変え得るものではない。ただしこれは多かれ少なかれ教育にたずさわる人々にとって、唯一最大の禁句である。彼らは自分の職業上の専門職としての立場からも、一種の美談好きの人々の心を刺激しないためにも、教育によって人間はどんなにも変り得るという見解をとろうとしている。しかし、私にはそれは信じられない。知能の低い少年は一生知能の低いままだし、華やかなことが好きな人はどんな立場になっても、その好みを捨て去ることはできない。教育によって変ったと見える場合も、それは他人の教育によって変ったのだとは私は思えない。それはその当人の自己教育によって変ったのである。そしてその当人の自己教育に、他人が少々手を貸しただけだと思う。

どのような意図的な教育をしてみてもそれは完璧ではなく、しかしそれはそれなりに意味を持つのである。そこが教育のやり切れないところなのである。

「絶望からの出発」

●「知ったかぶりよりも、むしろ知らないほうがいい」

私たちはどんな人からも学び得る。学問も何もない人の一言が、哲学者の言葉よりも胸にこたえることがある。宝石はどこに落ちているかわからない。だから、私たちは、常に教えられるために心を開いていなければならないのである。

二十年以上も、社会とふれて来ると（これもいささか変な言葉だが）私はたくさんの失敗をしでかし、試行錯誤で、そのうちの一部分は、自分のおろかさとして身にしみた。一部は恐らく気づかないままに過ぎて来てしまったと思われる。

その中で年ごとに強く思うのは、「知ったかぶりよりも、むしろ知らない方がいい」という実感である。

現実問題として、私は知らないことの方が多いから、知らんふりなどという、高級な演技ができる機会など非常に少いのだが、それでもそう思うのである。

かりに或る人が、会社なり学校なり役所なりに勤めているとする。その人は自分の所属する組織の中で、さまざまな情報を与えられる。自分の管轄内で知るべきこともあれば、管轄外のことが、自然に耳に入って来てしまうこともある。

それから先がむずかしいのだが、管轄外のことは、まず知っていても知らない顔をする方がいい。なぜなら、責任がないことを、私としては判定し、決断することができないし、なまじっか知ったふりをすると、本当の責任者に、後で迷惑がかかることも多いからである。

私は自分の管轄外のことは、知らなくていい、とか、知っていてもイジワルして教えるな、とか言っているのではない。一朝、事が起きた時に、当の責任者以外の人の機転が利いて、事故を防いだとか、気を利かせて、誰かが何かを用意してくれた、などというのは、その人がしなくてもいいことまで、心を配って、それを行動に移してくれたからなのである。

私がここで言いたいのは、知ることはいいのだが、知っていても、時には知らないと言えることの方が、ろくすっぽ知らないのに知ったかぶりをするより、はるかに人間として、味のある踏み止《とど》まり方だということなのである。

「あとは野となれ」

●生の基本は一人

私は昔流に、人生は耐えるべきものだ、などと言われると、少々反撥を覚えるのだが、嫌がおうでも、ガマンしなければ生きていけないことだけは、本当である。

しかもなお、理由が哀《かな》しい。

私たちは、他人を嫌ったり憎んだりする時、少くともそこに、多少の、道徳的な、或《ある》いは、誰が聞いても納得のいくような、常識的な理由がある、と信じている。あいつは酒乱だからいやだ。サギ的な言辞を弄する人間とはとてもつき合っていけない、というような言い方である。

しかし、これらは殆どの場合、摩擦の根拠になっていない。「調子のいいことばかりいう男」も悪口を言われるが、「お愛想の一つも言えないボクネンジン」も非難の対象にならないではない。「金もうけばかり考えてる奴」と「経済的無能力者」。「出世欲の権化」と「世をすねた男」。どっちに転んでもいけないのである。要は只、悪口を言う人と言われる人の姿勢が違う、というだけのことなのである。

しかし人間は、つきたての餅のようなものである。すぐ、なだれて、くっつきたがる。違いを違いのまま確認するということが、実は恐ろしくてたまらない。できたら、ひとと何とかして違わないのだ、と思いたい。しかし、実際はれっきとして違っているので、つい、悪口を言いたくなるのである。

もし、或る人が「いいえ」と言う勇気を持っていたら、どんなにこの世は生き易くなるだろう。「いいえ」ということは、決して、相手を拒否することでも、意地悪をすることでもない。むしろ多くの場合、それは各々の立場が違うことの確認である。「いいえ」を言える人は、当然、「はい」の言える人でもある。友達に何かを頼まれる。それは、或る場合には、それほど気楽にできることばかりではないかも知れない。時には、自分が少々不便し、辛い目にあい、不利を承知で引き受ける。それが本当の「はい」である。ヨーロッパで戦争中レジスタンスをした人びとは、その運動に加わることを承認した「はい」の一言のために、生命さえも賭けたのである。

それができなければ、相手に悪く思われようと、「いいえ」と断らなければならない。相手にも悪く言われたくない、損もしたくない、でうろうろしている人を見るくらい、侘しいものはない。

人間がどんなに一人ずつか、ということを、若いうちは誰も考えないものである。

身のまわりには活気のある仲間がいっぱいいる。死ぬ人よりも、生まれる話の方が多い。

しかし、どんな仲のよい友人であろうと、長年つれそった夫婦であろうと、死ぬ時は一人なのである。このことを思うと、私は慄然《りつぜん》とする。人間は一人で生まれて来て、一人で死ぬ。

生の基本は一人である。それ故にこそ、他人に与え、係るという行為が、比類ない香気を持つように思われる。しかし原則としては、あくまで生きることは一人である。それを思うと、よく生き、よく暮らし、みごとに死ぬためには、限りなく、自分らしくあらねばならない。それには他人の生き方を、同時に大切に認めなければならない。その苦しい孤独な戦いの一生が、生涯、というものなのである。

「あとは野となれ」

6

「叱る」ことと「ほめる」ことは連動作用

●うまくほめられる人は、上手に叱れる

世間は叱らない親に対しては、教育に不熱心だと言って非難するが、(私も前に、新幹線の中で子供を放置しておく親のワルクチを書いた) 叱る親に対しては批判する余地がないから、親は子供を叱ってさえいれば、社会から常識を疑われることはなくて済むのである。

しかし本当は、子供に対してはまず、褒めることから始めるべきなのである。それは決して、有効性を第一の目標とした教育のテクニックの問題ではない。それは人間にとってかなり大切なこと……誇りを持たせることにつながる。誇りという言葉には、多少、解説をつけるべきかも知れない。

それは、ありもしない或る人間の能力を過信することとは違う。むしろ自分のような能力のない者にも、他人になにかをなし得るのだ、という驚きとしあわせを自覚させることなのである。

私たちは時々、立志伝中の人と言われるような人の苦労話を聞くことがある。飲んだくれの父のために、夜おそく親戚に酒を借りに行かされたり、母親が病気をした後、

弟妹のために炊事、洗濯を主婦代りにした、というようなことである。
これらの話の多くは、決してじめじめしていない。幼児がママゴトをするのも、母親の鏡台の前で口紅をつけるのも、皆、「一人前」への志向がさせるのである。苦労した人は、普通の子供より一足早く「一人前」になることを許された幸運な人々である。そして事実、子供は、親が信じられないほど早くから、その気になればその誇りを持ち得るのである。

「絶望からの出発」

励まし自信を与えることがどれほどこの世で大切なことかは、ちょっと言い尽せないほどだが、叱ることとほめることとは連動作用になっているのである。
叱れない人は甘やかすだけで、ほめることも多分できないのだと思う。うまくほめられる人はまた、上手に叱れる。なぜなら、ほめるとか叱るとかいうことは、教育のテクニックだけではない。それは親たちの人間理解の深さと関係がある筈である。

「絶望からの出発」

作家は褒められて育ち、けさなれて育ち、無視されて育つ。それは、そのまま教育の真髄である。

「二十一世紀への手紙」

自分のして来た僅《わず》かな、「良いと思われること」をご披露する度に、私は恥かしくなるのだが、（それを自制していると話の進み方が悪くなるので、敢えてお許しを頂くつもりでやって来たのだが）私は息子が何か小さなことをしてくれる度《たび》に、必ず礼を言い、彼が少しでもましなことをする度に、かなり臆面もなく褒めたつもりである。

それは決して我が子をおだてたのではなかった。私は子供がまだはっきりした意識を持つ以前から、他人に感謝することを、皮膚で覚え、その習慣に馴れ親しんでほしかったのだった。私は子供が自分が褒められることでいい気分になるばかりでなく、むしろ他人の美点について、目のきく人間、それをお世辞ではなく、心から評価できる人間、になってほしかったのである。息子を褒めてやることは、つまり、彼が他人を褒めることのできる人間になるよう、習慣づけるためであった。

子供を褒め、子供に感謝してみせないと、子供の性格はどれほどにも狂い出すように思う。子供を奮起させるつもりで、「あなたはダメねえ」とか「こんなこともできないようじゃ、将来どうなると思ってるのよ」などという母親の言い方ほど、子供を確実にダメにするものはない。

子供はそう言われる度に、刻々と自信を強める。――オレはどうせダメなんだ。将来もあまりいいことはないのだ――。こんなことを言われて気持のいい子はいない。自分の将来はお先まっくらなのだと親に保証されて、他人の美点を見つける余裕などない。或いは他人の弱点に同情することはありえない。（中略）

褒めることに附随して、一つつけ加えておかねばならない。世間にはよく、醜いことは家庭内に持ち込まない、子供に触れさせない、という主義からか、他人を褒めるばかりで、悪口などというものは一切口にしない親も（僅かながら）いる。私の経験では、これはまた、うまく行きにくい。なぜなら、子供は、少し年が行けば、人間には誰にも「隠れた一面」があることを知るようになり、その点に触れない親は、眼がないか虚偽的だと思うようになる。しかもこのようなおきれいごとの褒め方は、別の危険性を含むようになる。すなわち、いい人間はどこからどこ迄《まで》もよく、悪い人間には一つの美点もないという、全体主義的な見方を暗示するからである。

人間は途方もなく多様である。偉大な芸術家が性格破綻者であったり、立派な教育者が性的に尋常でなかったりするケースはいくらでもある。

人間は本来、多かれ少なかれ、そのようにアンバランスなものなのである。その多様性を見抜く者だけが、人間の弱点に不当に失望することなく、小さな弱点によってその人の美点も見ないということもなく、鮮かに人間を分析して、その複雑な才能が、信じがたいような微妙な形で他者に係り合って世の中を動かしている妙味を味わうことができる。


「絶望からの出発」

●憎らしいから叱るのではない

教育を行う最大の責任者は自分だと言っても、実際にまだ幼い子をしつけるのは、実の父母、ということになるだろう。

父母には、しつけに対する基本的な本能が、本来は備わっているはずである。それはかわいがることと叱《しか》ることの、二つの方法によってなされる。言い方を換えれば、かわいがるということは情操と心を育てることに、叱るということは多くの場合体の使い方と道義を教えることに繫《つな》がっている。それでこそ、親は子供を、心と肉体と両方の面で育てることができる。それも、できるだけ振幅大きく……。

しかしこの基本が欠けてしまっている親を時々みかけるようになった。つまり子供に厳しくしないのである。そういう親に対して、子供はちゃんと叱らなければいけない、と言うと必ず、

「あら、ちゃんと叱っています」

と言う。

子供も勘がいいものだから、母親が猫撫《ねこな》で声で、

「○○ちゃん、いけませんよ」

などと言っても、それが口先だけの場合は全く恐れていないのである。というか、子供は先天的に人間の心を理解する力を持っているから、親自身がそのことに深く感動し、情熱を感じてものを言っているかどうかを、敏感に計測している。

もし親が、子供の行為をほんとうに「怒って」いなければ、子供も何とも感じない。もちろん、その「怒り」は暴発的なものではいけないし、子供自身に向けられるものであってもいけない。子供が犯した行為の抽象的な意味に対して批判的でなければ、「怒り」の方向づけは正確に行われないのである。

子供が公園で蜜柑《みかん》の皮を捨てる。或いは、「入ってはいけません」と言われている芝生に入る。その場合、そのような行為をしたのは子供だから親は子供を叱るのだが、子供が憎らしいから叱るのではない。ただそこには、皆が平気で蜜柑の皮を捨て、いっせいに芝生に立ち入ったらどうなるのだという一種の義憤がなければ叱っても効き目がない。

「二十一世紀への手紙」

近頃の親たちは子供をはっきりと叱らない。子供が恐怖を感じるように叱らない。そしてその穏やかさをいいと信じている。子供が失敗を体験する前に、それを防いでやるから、子供は自分の身を守る本能や知恵を開発することができない。

「二十一世紀への手紙」

●いいほうをオーバーに評価してやる

私は、物心ついてからの年頃の子供をどちらかというとめちゃくちゃにほめることにしている。あまり人前では言えないが、できるだけいい方をオーバーに評価してやるのである。心からそう思っている訳でもないが、叱るよりほめる方が伸びるように思うのである。

親として忘れてはならないのは、(誤解を招きそうだが)何でもいいからどこか一つ肉体的なものをほめることだと思う。できれば、美男だ、美人だ、と言ってやるのがいいのである。容貌コンプレックスを持つ持たないは、実際の美醜とあまり関係なく、心の持ちようで決まるようである。自分には取柄がある、とどこかで信じられれば、子供は明るくなる、明るくなれば、本当に相当不器量でも輝いて来るようになる。

よく、叱言ばかり言っている父母を見ることがある。叱らなきゃダメだ、というが、私から言うと、それは順序が逆である。親はまず、親バカの名をかりて、子供に惚れなければいけないと思う。惚れて、ほめておいてから、

「こういう点だけなおせば、もっと人間に厚みがつくよ」

と言えば、子供もすんなりと聞くのではないかと思う。
イソップにでて来る北風と太陽の話は、実によくできていて（テクニックとして読むといささかいやらしいが）人間の心を開く、とはああいうものだろうと思う。つまり、大変に偉い子なら叱られっぱなしでも効くだろうけれど、我が家の息子を初めそんじょそこらにごろごろしている普通の子は、それほど自分を保つのに強くないから、他人から少しでも自分の才能や本質の芽を見つけて貰いたいのである。

「あとは野となれ」

話していて、わかったのだが、この方は、子供さんに対しても、あまり上手なほめ方をしていなさそうだった。「試験のお成績よかったわね」というようなことはよくほめる、という話だったけれど、先生がみても、いい成績だったテストを、親がほめてみてもしようがない。
親は、他人があまり気づかない子供の美点をこそ、ほめてやらなければいけないのではないか。或いは、子供がむしろ自信を失いかけている点に、新たな価値観を見つけてやらねばならない。

親だけではない。私たちが友人を支える時には、皆がいいという点だけではなく、その人の弱点をカバーして、その人の他人から誤解されやすい点に、正確な意図を汲《く》みとってこそ、親友の支持というものができるのである。もっと平たい言葉で言えば、試験の成績のよさをほめたりしていたら、平凡で功利的な親子関係しかできないだろう。

「あとは野となれ」

●何かしてもらったらすぐ感謝する

私は、少しずるいから、感謝はよくするのである。私は夫にも、息子にも、何かしてもらったら、すぐ感謝する。

「礼儀正しくていらっしゃるんですね」

誰かが、私にそう言ったので、私は背中にジンマシンができそうになったこともある。私は息子をうまいことこき使い、「すまないね」というような荒っぽい調子で礼を言う。私に使われた息子は、「ちぇ」などと呟《つぶや》いている。この呼吸は、英語にはとうてい訳せまい。「サンキュー」「ユーアーウェルカム」なんてものではないからである。

しかし、私は、夫にも、本気で感謝している。娘時代の私を知れば「よくこそもらって下さった」と（「父よ、あなたは強かった」という古い軍歌の節で）歌いたくなる。

（軍歌の本当の歌詞は「よくこそ勝って下さった」である。）

「あとは野となれ」

●危険を冒して教育できるのは親だけ

自分では厳しいことが言えないほど卑怯なことはない。厳しくして事故が起きれば、すぐ学校のせいにする親も親で、文部科学省や国を訴える。しかし自分ではほんとうの教育をやらない。叱ることさえできない。子供から悪い評判を取るのが怖いのである。危険をおかして教育できるのは、ほんとうは親だけなのに、である。

一方、文部科学省も学校も、訴えられると怖いから、何もしないほうに走る。プールでは子供が溺れるといけないから泳がせず、マラソンは途中で心臓麻痺を起こすと困るから走らせず、跳び箱は飛び損なって骨折でもすると訴えられるからしないほうがいいと考える。事故責任をどうしたら取らないで済むかを考えるだけが彼らの情熱になる。

しかし人生で重荷は必ずついて廻る。貧困、政変、病気、親との死別、事故などに遇《あ》っても、国家的・社会的な救済機関のない国はいくらでもある。

人生で一度も骨折や打ち身をしなかった人もないだろう。一度も詐欺師まがいの人に声をかけられたことのない人もないだろう。一度も盗みに遇わなかった人も珍しいに違いない。人は皆、語るに値する武勇談、お涙頂戴《ちようだい》の苦労話、「おっかなかった話」「危機一髪物語」を持つのが普通なのだ。

「ただ一人の個性を創るために」

平等というのは、誰にも不幸がないことではなく、誰もが同じ学力を持つことでもありません。誰もが不幸に耐える力を持ち、誰もが、その子供に素質に合った教育の方途を与えられることです。

しかし親、教師、社会、その多くは、相手から嫌われるのを恐れるあまり、易々として子供の身勝手な要求に迎合しました。それは決して民主主義的姿勢ではなく、ただ自分が若い世代から嫌われまいとする、卑屈な求愛の精神から出たものと私は考えています。

「生活の中の愛国心」

●期待していないとほめる数が増える

私の学校はカトリック系だったので、人間がもともと善良なものだ、などと教わったことは一度もない。キリスト教は明らかな性悪説である。その証拠に、キリスト教の教義では、人間は「原罪」（アダムとエバが神に対して犯した罪のゆえに引きおこした、人間の生まれながらの本性の腐敗）というものの結果を受けている、ということになっている。

しかし性悪説は、決して人が考えるほど、陰険で、悪いものではない。性悪説を取る人ほど、人を褒めることが多くなるのは当然で、それはもともと、人に期待せず、原則的に人間が立派なことをするとは思っていないからである。

反対に性善説を取る人は、実際には人に裏切られることが多いから、人を悪く言うことが増えるであろう、と私は思う。

「二十一世紀への手紙」

昔、沖縄へ行く飛行機でアメリカ人の中年女性と隣り合わせたことがありました。私は何も聞かなかったのですが、彼女は「私には息子が二人いる」と語り始めました。長男はマサチューセッツ工科大学を出た秀才で、教授になっている。下の子は、あまり勉強が好きではなくて成績が悪く、軍隊へ入って、沖縄で好きな人を見つけて結婚し、子供が生まれた。今日、初めてお嫁さんと孫に会いに行くのだと、財布から息子夫婦と孫の写真を取り出して話すのです。

印象深かったのは、彼女が二番目の息子のことを「勉強は嫌いなんだけど、彼は人間を愛しているのよ」と、褒めたことです。日本にはない表現で、いい言葉だなと思いました。人を愛することができる人間は、母親が自慢してもいいほどのことなんです。私は、子供は秀才でなくてもいいから朗らかで、ものごとを好意的に見られて、世の中をおもしろがって暮らしてほしいと願っていましたから、彼女に会えてよかったなと思いました。

「老いの才覚」

●無理してしゃべる義務

子供が小さいうちから、食事中はテレビを消す、というルールを納得させねばならない。一つには、一つのことを集中してやる癖をつけるため、もう一つは、食事というものは、食物を摂取すると同時に、器とか、会話とかを楽しむ機能と義務があることを教えるためである。つまり人間は一人で暮らしているのではない以上、喋りたくない気分の時でも、無理して喋る義務がある、ということだ。

ほんとうは義務どころではない。私は大人の食卓に加えてもらったことで、どれだけ人生を学んだか知れない。耳学問は得になった。ただで、大学の講義以上におもしろい知恵を身につけさせてもらえたのである。

話してくれる人は別に知識人でなくてもいいのだ。いわゆる知的な職場にいる人ではなくても、それゆえにこそ、むしろ重厚な人生を語ってくれることも多い。熊に遭遇したり、雪崩《なだれ》に巻き込まれたり、漁に出ていて時化《しけ》に遭ったり、炭焼きの小屋で手伝いをしたりする話は、多くの子供にとって未知の世界だから、胸を轟《とどろ》かせて聞くはずだ。そしてどこにもおもしろい生活はあるんだなあ、と思う。将来、大学の試験に失敗した時、こういう世界を知っているかどうかだけで、心に受ける圧迫の強さは違ってくるはずだ、と私は思う。世界は広いのだ、と私たちは早くから子供に知らせる義務がある。

「ただ一人の個性を創るために」

●父母の会話を聞かせる

今の子供たちは、健康な頭と体を持っていても、ガラス箱の中に入れて、育てるというより「隔離培養」されているように見える。

勉強などというものは、資質を育てるほんの一つの手段でしかないのに、親はそれが全部であるかのように思って、勉強をさせることにだけ精力を注ぐ。お勉強のためなら、いい部屋を作り、家事の手伝いは一切させず、勉強をしてもらう代わりに子供が欲しいものは見返りに買ってやることになる。子供は親のために勉強してやっている、ということをちゃんと知っているのである。

しかし本来、勉強などというものは恩にきせてやるものではない。望んでさせていただくものである。世界には勉強したくても貧しいので、畑を手伝ったり、羊の番をしなければならない子供たちもたくさんいることを、親も実感しないし、子供に話してもやらないから、子供は自分の置かれているぜいたくな境遇を理解できないのである。

ご飯の時おかずに文句を言ったら、世界には今夜食べるパンさえない子供がたくさんいることを話して、さっさと食事を取り上げて、一食くらい与えなければいい、と私は思う。しかしこういう考えは、現代では受け入れられない。「食事を食べさせなかったら、子供はすぐにコンビニへ行って好きなものを買ってきて食べます」と親は言うし、「そんなことをしたら、それをきっかけに家出をするかもしれません」と恐れる人もいる。「家出するほどのお金が始終子供の手元にあるんですか」と聞くと、「お金がなかったら、万引きをしますから、もっと悪い事になります」という返事がくる。

子供はこのようにして冷暖房完備の家の中で、ホテルの宿泊客のようにして育てられる。掃除もせず、ベッドもなおさず、洗濯もせずにである。室内電話をかけてコーヒーを注文すると、母親が部屋までコーヒーをお持ちするという光景はまさにホテルのルームサービスと同じである。

子供に個室を与えるな、というのは、子供をせめて居間まで引き出せということだ。それで少しは浮世《うきよ》の風に当たらせることができるかもしれない、という苦肉の策である。健全な家庭なら、居間で父と母の会話を聞いていることだけでも、少しは思い通りに行かない人生の片鱗《へんりん》を見るだろう。

●しゃべりかけるのはどれほど大切なことか

「あら、あなたは、新顔ね」

三上さんは興味にかられて言った。それから彼女は、縁側近くまで近寄ったが、三毛は知らない人の顔を見ても逃げようとはしなかった。

「今日は」

三上さんは三毛に言った。

「あなた、どこから来たの？」

ボクが三上さんを偉いと思うのは、このひとの中には、いつもごく自然な温かい心があって、それがしかも、総てあらゆる生命を育てる方向に結びついていることだ。このひとは、毎朝、金魚に餌をやるが、ただ餌をばら撒いてさっと帰ったりはしない。じっと金魚共の泳ぐ姿を観察してから立ち去る。三上さんは子供のない未亡人だが、旦那さんが亡くなってから、頼まれて、口も何もきけないおばあちゃんを八年間みとったというのだ。ボクはその間の三上さんの姿が見えるようだ。三上さんは、返事ができない、「植物人間」みたいなおばあちゃんでも、毎日、こうしてじっと見たに違いないのだ。顔の色つやはどうか、眠りは深いか、息遣いは荒くないか、そしてウンコはどんな具合か。

三上さんはボクにもよく声をかけてくれるが、この声をかける、喋りかけるということが、どれほど大切なことか、あちこちの医者や心理学者が書いているという話だ。人間でも（猫でもだ！）大切なのは、母親が子供を抱いて、そしてわかってもわからなくても言葉をかけてやることなのである。ことに生後間もなくから、二、三年が大切なのだという。

昔、十八世紀のプロイセンにフリードリッヒ二世という皇帝がいた。その人は、もし赤ん坊に誰も言葉を教えなかったら、子供は何語を喋るようになるのだろうか、という興味を持った。それで彼は一つの実験をやったというのである。つまり、百人の赤ん坊を一カ所に集めて、充分に世話をした。ただし世話をする人は、声を立てること、赤ん坊に声をかけることだけは許されなかった。その結果、この赤ん坊たちはどうなったか。何語を喋るようになったか。結果は世にも恐ろしいことになった。百人の赤ん坊は、二年間に全部死んだ、と言われている。もっともこの話も嘘だという説があるが嘘にしてもありそうな話である。

「新学期から部屋がえになったんでしょ」

「うん」

同室者が誰もいないのを幸いに、順子は尋ねた。

「今度の人たちとも気が合いそう？」

「うん、大体」

直彦はあまり他人の悪口を言いたがらない子であった。

「だけどひとりだけ三年生でいやなのがいる」

「そう？　それは困るなあ！」

順子は男のような口をきいた。男のような言葉づかいで、彼女はこの生《な》さぬ仲の息子と、今迄《いままで》に喧嘩《けんか》ひとつしたこともなく、むしろ母と子というより友達のような気安さで話し合いながら暮らして来たのであった。

●下らないことを楽しむ会話

「僕のうちでは、私は子供たちから、いろいろ話をして貰《もら》いたいと思っているんだが、子供たちは一向に喋《しゃべ》らないんだ。私を心配させないようにしてるんだろうけど」

「あのう、話っていうものはですね、話せ話せ、って言うと、喋りたくなくなっちゃうものなんですね。僕たち、ずっと、親に反抗心《はんこうしん》あるでしょ。だから、うちの母みたいに、僕がちょっと、学校の話すると、ウルサイねえ、黙《だま》っててよ、なんて言うと、なお喋りたくなるものなんです」

「なるほど、それは、わかるな。僕の若い時にも、形は違《ちが》うけど、そういう気持あった」

「うちの親は、大人気《おとなげ》ないんです、二人とも。だから、僕が小さい時だって、ムスコのためにおいしいおかず残しておいてくれるなんてことは全然考えないんですね。おいしいものあると、ムスコと競争で食べちゃう。僕、大体一人ムスコなんですよ。それなのに、そうなんだから。だから、僕としても、ヤムなく自衛手段で、どんどん、ぱかぱか食べるようになったんです。子供が食べない、食べない、って言う親がいるでしょう。あんなのなおすの簡単なんだな。親がどんどん食べちゃえばいいんですよ。そうすると、子供の方で、親に食われちまわないような手をいろいろ考えますよ」

「どういうふうに」

「たとえばですね。秋に松茸《まつたけ》のおつゆがでるでしょう。もっとも、そんなものでるのは、うちでは一年に一回か二回ですけどね。うちのおふくろは目算《もくさん》が悪いから、鍋《なべ》に四ハイ分、作るんです。三人家族なのにです」

「なるほど、最後の一ぱいを誰《だれ》が食べるかだな」

「おはずかしいんですけど、僕は松茸のおつゆ、とても好きなんです。ところが、おやじも狙《ねら》ってるんです。おやじは『俺《おれ》は一家の中で一番老い先短い。だからおつゆを貰う』というんですね。それで僕も負けずに言うんです。僕は今のところ、考古学をやろうと思ってますので、つまりそんな学問したら、一生、経済的には恵《めぐ》まれっこない訳です。それで、『僕は将来、貧乏する予定で、そうなると、もう松茸のおつゆなんて、一生飲めないから、今のうちに頂戴《ちょうだい》よ』というんです」

「それで、最後の一ぱいはどうなります？」

「うちのおやじは、そんな時、大人気ないから、本気で考えるんですね。それで、『うん、そうだ、お前の方が確かに松茸にはありつけなさそうだ。仕方がない。やろう』というんです。それで、僕はちょっと悪くなるんだなあ」

「お宅は、おもしろそうだね、生活が」

「下らないことを楽しんでるだけです。一ぱいの清汁《しる》がこれだけ問題になるんですから」

「太郎物語（高校編）」

かな女は夕食の時、息子と嫁を前に、昼間の歯科医の生意気な口調を真似してみせた。（中略）
「医者は何て言ったって、自分は痛くもかゆくもないんだし、第一、命にかかわりない病気だと、本気にならないよね」
息子の正人は言った。気のない言い方で、かな女は、息子が医者の代弁をしているように思えてならなかった。
「いやあだねえ。こんなものを口にはめていなきゃ暮せないかと思うと、生きるのがいやになってしまう」

息子は黙って飯茶碗をとり上げ、嫁は黙々と汁を注ぐ。

「あんな荒っぽい神経の医者は、馬のくつわでも作った方がいいよ。第一患者が気持よくなるようには少しも努力しないで、自分のやったのに合わせろ、というのは間違っていますよ」

息子と嫁はおとなしくきいているようだが、実は何とも思っていないことを、かな女は悟った。生命にかかわるような病気になれば多分二人は騒いでくれるだろう、それで充分若い者たちの好意を感じなければならない、と思っても、侘《わび》しさはとても認められない。

かな女は只、言いたいのであった。愚痴を言い、何にもならぬとは知りつつも、相《あい》槌《づち》をうってもらえれば、それで幾分なりとも心は休まるのである。


「花束と抱擁〈かな女と義歯〉」

母親が修善寺行きを思いついたのは、春山氏が海外へ出かけて留守だったのと、結婚してしまえば、もうこうして母子水入らずの旅行も二度と出来ないかもしれない、という気持からだった。誰が何と言おうと、結婚によって、母は娘を相手の男に奪われるのである。

早春の、桃の季節であった。母子は何でも見えたもの、心に感じたものを即座に話してははしゃいだ、もろいしあわせな一時であった。もっとも、もろくでもなければしあわせというものは胸をうつものではない。

「無名詩人〈路傍の芹〉」

●子どものほうが物わかりがよくなるとき

これが普通《ふつう》のうちなら、母が息子のおやつを作ってくれる筈《はず》であった。山本家では、時々、いや屢々《しばしば》、そのルールが破られる。大体過去をふり返ってみても、母がにこにこ笑いながら、おやつを出してくれた記憶《きおく》なんて、あまりない。太郎は、自分で出して、自分で食べた。ガスに火をつけられないような小さな頃は、牛乳を冷蔵庫から出して飲んだものであった。

母は太郎の記憶にある限り、いつも眼鏡《めがね》をかけて――その眼鏡が又《また》いつも少しずつずり下っているから滑稽《こっけい》である――机の前にいた。

「ねえ、お母さん」

と学校の話をすると、「ふうん、ふうん」と聞いているふりをする。それも煩《わずら》わしくなると、

「ちょっと黙《だま》っていて。今お母さん、五時までが天下わけ目なんだから」

などと大仰《おおぎょう》なことを言う。何日かに一度ずつ、天下わけ目になどなる筈はないじゃないか、と思いながら、太郎はつい、

「ごめんなさい」

と謝《あやま》った。謝りながら、オレは少し、物わかりの良すぎる子供なんじゃないだろうか、と思うのであった。大体こういうものは力関係で、ふつうは親の方が物わかりいいものなのだが、うちのように、親が物わかりがわるいと、せめて子供の方で物わかりよくしなけりゃならないような気になるから、おかしなものだ。

いつの間にか、本当に親を心配させるようなことは何も言わなくなってしまっている。或《あ》る日、
《オレ、親に心配させるようなことは言わないんだ》
と言ったら、おふくろの奴《やつ》、
《けっこうだね。ぜひそうしてよ》
と言ったが、これはまあ、世の中でもかなり図々《ずうずう》しい親だけが言うことであろう。

「太郎物語（高校編）」

●魂を語り合う

「小母さまは、あの世があるとお思いですか。そしてもし僕が早死にするようなことがあったら、母は喜んで僕を迎えに来てくれる、とお思いですか？」
病気が発見される直前——誰の眼にもまだ少年が肉体的には充分に元気だと思われていた頃——少年はそんな危険な質問をしたりした。

「そうね。私は特に信仰ってないんだけど、こんなに深い思いというものを人間が持っているのに、肉体の死と共にそれが消えてしまうということの方がおかしいような気もするわね。だとすると魂は生き続けるんだし、魂があれば、愛するものに会いにこないわけはないわ」
小沢夫人は辛うじてそう答える他はなかった。
「僕、会えると信じてるんです。僕と母はとてもいい仲でした。魂のことを語り合ったという気がした日もいっぱいありました」

「一枚の写真」

言葉と魂は、ほとんど同一のものです。

「生活の中の愛国心」

7　代替のきかない個性を伸ばす

●格差そのものが個性である

最近教育者の間で、学校や個人の格差をなくそうということが当然のことのように言われている。一見この提案は皆の素質を伸ばしてやる、という善意から出たように見えるが、彼らの期待するものは「皆いい子」的な現実にそぐわない発想である場合が多い。子供は「皆いい子」でもなく「皆悪い子」でもない。どうしようもないほどの個体差を持ち、それ故にこそ面白く代替のきかない尊厳を持つのである。能力の差をなくすなどということは現実問題として不可能である。むしろ、子供達は必ずどこかおとった所とましな所を持っているのだから、どのような才能であれ、その人間の特技となり得る要素を尊敬を持って評価し、伸びるように手助けをすべきなのである。

「絶望からの出発」

そもそも、この世に必要とされていない才能などなく、格差そのものが個性なのです。平等の名の下に、格差をなくして理想主義的な社会をつくり出そうという考え方が氾濫する現代にあって、私は聖書にこそ、まやかしの平等に与《くみ》しない、現実的に誰もが満ち足りた生涯を送ることができる秘訣があると考えています。

「幸せは弱さにある」

父のお陰で人間を見る目はできていました。明るい人を見ると、背後にはどんな悲しみがあるのだろうと自動的に思うような子どもになっていたんです。いわばひねくれ者ですね。ひねくれだって世の中で使いようはあるという証拠ですよ。

表向きと裏は違う。表に見えているものを一度取り払って理解すればいい。後になって貧しい国や慣習の違う国を訪れたときも、現地の文化に同化しやすかったのは、そうした人間への見方の訓練ができていたからかもしれません。

良いお宅に育ち、地位もお金もみんなある人は、そうでない人を不幸だと思うのかもしれないけれど、私は違う見方ができるようになっていました。ただどこにも一つの個性的な現実がある、というだけのことですね。

「この世に恋して」

学校で教えられたのは、「国際的であろうとするならば、その国の人として立派な人間になれ（To be international, be national）。」ということでした。あまり立派に振る舞った記憶はないんですけど、一九七五年に中国への学術文化訪中使節団に加わったときは、人民大会堂で鄧小平《とうしょうへい》氏への表敬訪問をしたとき、着物を着ました。実は北京に使節団として発つ直前、当時ほとんど一手に北京旅行を扱っていた旅行会社からパンフレットが来て、「中国は発展途上の国ですから、着ていくものは質素なものにしていきましょう」と書いてあったのです。それを見て私は急に手持ちの服を全部派手なものにしました。私は日本人ですから、そんなことを指示される必要はない。それで人民大会堂に着物を着ていくことになったんです。

北京駐在の日本の大使夫人が、「人民大会堂で日本の代表が着物を着たのは初めて」と喜んでくださいました。当時から日本の左翼の人たちには、やたらに中国に遠慮する気風があったようです。

●同じでなければいけないということはない、違っていることが尊い

　私はこの頃、どんな考え方も、行くところまで行く方がいいように思う。

「のびのび」という教育雑誌を見ていたら、有名な進学教室のエリート・コースにいる小学校六年生の子供たちの会話が出ていた。抜き書きしてみると——

「でもやっぱり今の会社は、いい大学じゃないと入れない。だから日本ではこういう塾《じゅく》が発達するんだと思います」

「東大がいちばん難しいでしょう、そこへ入るってことに価値がある」

「僕《ぼく》の場合は、ウチの家系で東大を出た人いないから」（笑い）

「僕は逆で、ウチの家系はほとんど東大出だから」

　この頃、しきりに思うのだけれど、東大だけが大学じゃない、というような公正ぶったことを内心はあまり信じもせずに世間がいうものだから、この単純な子供たちは、いよいよ「やっぱり東大だ」と信念をかためるのである。この上はせっせと、「東大しか大学じゃない。東大でなきゃ人間じゃない」ということを広める方が私は効果的だと思うのである。そうすると、初めて溢《あふ》れるように、「どうも、そういうことはな

さそうだ」ということが、きわめて功利的にわかって来るだろう。「東大だけが大学じゃない」といいながら、実は東大だけしか大学だと思っていない連中がいるので、子供たちのこの単細胞がなおらないのである。

「人間には格差がない、人間は皆、能力的にも平等なんだ」という考え方も、もっともっと強力に推進すべきである。

「何？　この問題が解けん？　そんなわけはない。ノーベル賞を受けた湯川さんもお前も皆同じ人間だ。湯川さんに解ける問題がお前にわからんことはない」

「こんな単語もわからないんですか。アメリカでは、五つの子供だって知っている単語よ。それを十六にもなるあなたがわからないの？」

「もっとまじめに走れ。人間、鍛えれば必ず、肉体的能力は開発されるんだ。あのオリンピックの選手へイズを見ろ。彼らもお前も、脚は二本だ。どこも違わない。走らんのは、お前が走ろうとしないからだ」

　私は、教師も、親たちも、くり返しくり返し、この理論を使うのに賛成である。人間の能力は潜在的に同じで、伸ばせば必ず伸びるというのだから、一致協力して、その方向に持って行くべきである。やってみればそれが嘘《うそ》だということがすぐわかる。

戦争中、歪《ゆが》んだ歴史を押しつけられた、といって、怒る人がいるが、あれも怒る必要はないのである。歪んだ歴史を強く受けた人だけが歴史についての本当の眼《め》を開いた。むしろ戦争中も歴史をいい加減に学んだ私のような者は、土性っ骨に根ざした歴史観を持ちにくい。

クラスで落ちかかっている生徒は能力がないのではない、教え方が悪いのだ、という説にも、私は賛成する。先生方は、ぜひ、それを是正するように努力をなさって頂きたい。補講、課外授業、何でもやって、おくれた子を引っぱり上げるのが、教師の務めというものであるという意見に、同調なさってみるといい。ただしその場合、機会均等に、格差がないようにしてもらわないといけない。すべての子が、大体同じレベルに達するまでは、教師は努力を怠るべきではないのであろう。

しかし、そうなれば、恐らく、先生たちの過半数はノイローゼと過労にたおれるであろう。そして、そのようなお題目が、いかに空疎《くうそ》な、実現しがたいものかを覚《さと》るだろう。この世は、人間が望んでも、努力してもなしえないことだらけなのだ、ということがわかるようになる。

君たちは、やればやれるのだ、能力は誰《だれ》にも与えられているのだという形で押される時、初めて、生徒たちの中から、湯川さんや、ヘイズと自分は、決して同じではない、という声がわき上がるであろう。言葉をかえていえば、同じだったら困る、自分たち一人一人はあくまで個性を持ち、違った能力を持つ人間なのだ、という自覚が生まれるであろう。

同じにならなければいけない、ということはない。違っていることが尊いのだ。

「永遠の前の一瞬」

●常識はつるしの既成服のようなものである

人間が人間を理解するという能力を養う上で、一切の外的な条件にとらわれないということは、実はそれほどたやすいことではない。学歴や地位から見ても、決して人を見る上で眼力がない訳はない、と思われる人でも、相手の財力、職業、家系などと言ったものに、ころりと心理的にとりおさえられることがある。（中略）

他人の、或いは社会の尺度を借用して来て、その常識によって喜んだり、悲しんだりするという要素を家庭の中にとり入れたが最後、その家庭はもはや、親も子も、一生自分をとり戻すことが、なかなか困難になって、それこそ精神の自由を失うと思われるのである。

こういう書き方をすると、時々、「それではあなたは非常識がいいと言うのですか。お葬式の晩に、紅白の水引きをかけた香奠《こうでん》袋を使い、隣近所がめいわくしても、掃除するより本を読むほうが大切とあれば、家の前をゴミだらけにしておくのですか」という反論を返されることがある。

私たちは誰も、他人の趣味を力ずくで犯すことは許されない。正確なパーセンテージを出せるわけではないけれど、大多数の人が道はきれいな方が好きだし（私もその一人）、社会を改良することには賛成だけれどハイジャックのような暴力的な闘争方法には反対（私もその一人）なら、たとえ私自身どのような好みを持っていようとも、他人の生活を犯さない程度には、自分の生活を社会の常識に従わせるべきなのである。私が掃除ぎらいで家の前をゴミだらけにしておけば、そのゴミは必ず、左右の隣家の家の前まで散って行くからである。

しかし、人間の精神の内部はそのような社会の通念の中にあっても、目下の日本のしあわせな政治状勢の中ではれっきとして個人的な自由を保ち得る。それだけではない。常識はつるしの既製服のようなものである。それさえ着ていればハダカでいるのではないのだから、どこからも非難されるということはない。しかし、ごく一部の人をのぞいて、常識を採用することは完全にその人を自由にし、その人独特の二つとない人生を創るということにはならない。

「絶望からの出発」

「僕は決して決心を変えないよ。僕はひとが夢中《むちゅう》で行きたがるような大学なんか決して行かない」

「そう誰もが思うんだ。或る青年は、むずかしい試験に失敗するのがいやさに、わざとやさしい所を受験する」

「僕は違うよ！　一年浪人《ろうにん》すれば、大ていのところは何とかなると思う」

「まあいい。皆が行きたがり、しかもむずかしいから東京大学を受ける。それも一つの若気のあやまちだ。しかしそのような行為《こうい》がおろかしいから、藤原のおやじのようなものの考え方をする連中の鼻をあかすために、わざと別のところを受ける。それも一つの若気のあやまちだ」

「――」

「どっちにしても、あやまちだ。つまり人間は、若気のあやまち以外の道を歩くことはできない、ということだろう。それがお前にわかっていさえすれば、それでいい」

「僕はね、何もかも考えてるよ。いつか話したじゃないか。東大以外は、大学じゃないと思ってる連中から、一生出身校のことで差別されるかも知れないってこと、そんなことも何もかも万事考えた上で僕は一人で、そういう常識に反抗するんだ」

太郎はそう言って唇《くちびる》を噛《か》んだ。涙《なみだ》が溢《あふ》れた。

「いいよ、太郎。革命をやろうとする人はね、一人で一生かけて静かにやるべきなのよ。たとえそれがささやかなもので一生やっても何の効果もでなくてもいいの」

「太郎物語（高校編）」

近頃はトイレにこもって昼ごはんを食べる大学生がいると聞いて驚きましたが、他人とご飯を食べるのが嫌なら、公園のベンチに座って一人で堂々と食べればいいのです。それで警察に突き出されるわけでも罰金を取られるわけでもないし、「僕は人と飯食うの、嫌いなんだ」と言えばそれで済むことなのにね。「友達が少いのは駄目な人間」と思われるのを恥じているんだとしたら、二重の意味でなさけない人です。

自分自身の価値観や好みを隠して他人に迎合することに馴れてしまうと、いつまでたっても人として芽が出ないばかりでなく、抑圧された欲望が、奇怪な人間の性格を生むことになります。ナチスドイツも、みんなが周りに追従して同じことを重ねた結果、あれほどの虐殺に至ったのです。自分というものを大事にしないで、根拠なく他人と同じことをするというのは、本当に怖いことなんです。

「人間の基本」

個性は、学校で受け入れられる場合と拒否され理解されない場合とがあるが、それは人生のいかなる時点にもあり得る矛盾である。それゆえ理解されない苦難にいかに耐えるか、ということも、一つの学習である。もちろんそれには、別の角度から、家庭や友人などの支持が大きな助けになるのは言うまでもない。

「生活の中の愛国心」

●いかなる環境でも、その気さえあれば

貧困も病気も動乱も、決して個人を育てる上でマイナスになるとばかりは限らないし、平和、豊かさ、いい環境が必ずしも個人にとって願わしいものともなりえない。そういう意味で、私は日本に絶望もしないし、手放しの希望も持たない。個性は自分で創るのだ。どこででも、いかなる環境ででも、その気さえあれば、ということだ。

「ただ一人の個性を創るために」

そのうちの息子は、高校へ入るころから、奇妙な趣味にとりつかれていた。それは

女の帽子を作ることである。私は息子の手になる、洗練された趣味の帽子をいくつか農家然とした彼の家の居間で見せられたことがある。確かに特異な才能であった。「黒髪の上に、全宇宙と夢をのせる」と彼は紙に書いて机の前に貼ってあった。やがて彼はアメリカへ行って、女の帽子作りの修業をしたい、と改めて父親に切り出したのである。ニューヨークにある専門校のことも調べあげてある。身許引受人になってくれる日本人として、同じ村からでかけて行った男ともすでに連絡をつけてある手廻しのよさである。あとは、申込書を送るだけでいい。父親は畑を一枚売れば、それくらいの費用は難なく出せたのである。

「おめえは、一生、女の頭を飾って暮すんでいいんか」

しかし父親は悲しげに言った。

「ああいいよ、やり甲斐のある仕事だと思うね」

「もう少し、男が一生をかけて悔いない仕事をしたくねえか」

「何をやったら悔いない仕事なんだい？」

父親は聞き返されてつまった。俺は豚を育てた。三ヵ月まで大きくすると、それを卸すのである。豚の子はかわいい。床の間で排泄をやるような真似さえしなければ、座敷豚として愛玩用になるくらいだ。しかし豚を育てることは男子一生を賭けて悔いない仕事だと言い切れたかどうか。いや言い切れぬことはない。それは人間の食欲を満たすために崇高な行為であった。帽子はどうだ。帽子も——何かの人間の欲望を満たしているではないか。

「雪に埋もれていた物語〈狼が来た〉」

●平凡な生活の中から学び得るものを引き出す

高校二年生の山本太郎《やまもとたろう》は、世の中の大ていのことに機嫌《きげん》のいい、典型的な都会っ子だが、一つだけときどき気分によって、気にくわないものがあった。

それは自分の名前なのである。

山本太郎の父親は大学の教授で、息子《むすこ》の名前についてきかれる度《たび》に、

「はあ、随分《ずいぶん》、いろいろと考えました末、太郎にしました」

などというものだから、中には、

「まあ、大学の先生がさんざんお考えになった挙句《あげく》、太郎だなんて御冗談《ごじょうだん》ばっかり」

と相手にしない人もいるかと思えば、

「本当に珍《めずら》しいお名前ですわ。この頃《ごろ》、人間には珍しいのよ、本当。太郎って言ったら犬の名前ですわよ」

と、はっきりいう人まで出る始末であった。ところが、父親の山本正二郎《やまもとしょうじろう》は、どこか間《ま》が抜《ぬ》けたような人物で、相手の皮肉も嫌味《いやみ》も、全く気づかぬかのように、

「はあ、太郎というのは、いい名前だと思います。第一、どんな職業にでも向きますからね。ラーメン屋の主人、役人、郵便局員、おわい船の船頭《せんどう》、代議士、役者、それはもう、何になってもおかしくない名前です」

などと真顔で言うものだから、誰《だれ》もが二の句がつげなくなるのである。（中略）

それにしても、山本太郎という名前から来るイメージは、それほど日本人の平均値的匂《にお》いがあるのだろうか。

恐らく、山本とか、渡辺《わたなべ》とか、佐藤《さとう》とかいう、どこにでもありそうな姓《せい》を持つ人は、名前には太郎などという平凡《へいぼん》なものは避《さ》けるようにするのだろう。太郎も、時々、自分が、重信《しげのぶ》とか、明久《あきひさ》とか、義成《よししげ》とかいう重々しい名前だったらどんなにいいだろう、

と考えることがある。太郎なんて、第一、幼名じゃねえか。
太郎が、親爺《おやじ》の趣味《しゅみ》を、まあ仕方ないや、と思えるのは、父親の命名の好みの中に、平均値的日本人になってほしい、という望みを感じるからである。（中略）
人間が平凡な生活を出発すること。平凡な生活の中から、学び得るものを引き出す癖《くせ》をつけること。たとえ他人より少しでも秀《ひい》でたところを持ち得たとしても、人間としての謙虚《けんきょ》さを失わないこと。タダの人間、タダの太郎であるという思いを片時も忘れないこと。それがオヤジの好みなのだということを、太郎はよく知っている。

「太郎物語（高校編）」

食事の摂取と排泄、呼吸においては呼気と吸気、睡眠・休息と勉学・労働、貯蓄と消費、日常性と冒険、喜びと悲しみ、成功と挫折。すべてこうした対立的な状況を過不足なく与えられることによって生はなりたち、完成し、人間性は豊かな厚みを帯びます。

「生活の中の愛国心」

人生にとって意味があるのは、人が見落とすようなことをいかに拾えるか、ということにある場合が多い。人間の才能は、一見下らないと思われるものごとの中に意味を見つけ出したり、喜びを発見したりすることができることである。だから他人には無意味に見えたり沈黙していると見えるものの中から、或る発見や創造をする人がいると、私たちは驚嘆させられるのである。

「二十一世紀への手紙」

●流行を追うのは恥ずかしいこと

付き合う時にも人と同じことをして安心するという心理に、私は抵抗を覚えて育った。どんなにおいしいと評判の店でも、たかがラーメンを食べるために三十分も列に並んで待ってようやくテーブルにつけるような店では食べたくはない、と私は思う。ましてや週刊誌や人気番組で取り上げられたような店のラーメンを食べるために、遠くから来ました、などと平気で言うような人は、自分の会社にも雇わないし、友達にもならないだろう、と思う。ただしその人が将来ラーメン屋になろうと思っているなら別だ。

理由は簡単だ。そんな無駄な時間を費やす間に、もっとその人らしい分野で学ぶことがあるだろう、と思うからだ。そして事実、不和雷同、流行を追いかける姿勢の人に、今までおもしろい個性を見たことがないのである。

流行を追うのは恥ずかしいことです、と私は幼い時から母に言われた。自分というものがない、か、自分が極めて弱いから、人のまねをして、人と同じ行動をとりたがるのだ、と母は言うのである。今年はこういう服が流行です、と言われても、それが似合う人と似合わない人とがある。それを見極めない人になってはいけない、と母は言ったのである。

人は自分がしたいことをする時には、はっきりと自分らしい理由を持たねばならない。人がするから、自分もしたい、というのは、理由にはならない、と母は私に戒めた。

「人生の原則」

人が生きるということは、働いて暮らすことなのだ。中国やソ連など、社会主義の思想の強かった国では、自分で仕事を選ぶこともできなかった。党や国家が決めたのだ。しかし日本では、何とか頑張れば自分が好きな職業に就ける場合が多い。幸せなことだ。

問題は好きな仕事というものがない人と、長年、同じ仕事を辛抱して続ける気力に欠ける人たちが、けっこういるらしいということである。何事も長い修業代が要る。小説家の生活もそうだった。何年経ったら、作家になれるという保証はどこにもない。失業保険もない。時間外手当てもつかない。それでも好きだから下積みを続けた。人と同じことを求めていては自分の道は見つからない、ということだけははっきりしていたのである。

「人生の原則」

真理かどうかは知らないが、自分がどう思うかをはっきり知っていさえすれば、世論や人の意見にさして動かされずに済む。自分が偉いから動かされないのではない。

人間というものは、自分らしく生きる以外には生きようがない。その地点を見つけられれば楽なのである。

「堕落と文学」

●精神の姿勢のいい人の特徴とは

自分らしくいる。自分でいる。自分を静かに保つ。自分を隠さない。自分でいることに力まない。自分をやたらに誇りもしない。同時に自分だけが被害者のように憐れみも貶《おとし》めもしない。自分だけが大事と思わない癖をつける。自分を人と比べない。これらはすべて精神の姿勢のいい人の特徴である。

ふと気がついてみると、私の周囲には、自分の出自を隠していない人ばかりになっていた。出自を隠さなければ、貧富も世評も健康状態も、あるがままに受け入れていられる。世間を気にしなくなるから、ストレスが溜まらない。犯罪を犯す必要もなくなる。そういう人とはいっしょにいて楽しい。どことなく大きな人だ、という感じを与える。だから私は私の友人を誇りにしていられるのだろう。

「ただ一人の個性を創るために」

「伯父さんは僕の心を汚いと思う？」

奴はちょっと首をかしげて考えた。

「きれいだけれど、弱いな」

「伯父さんは僕には何にもくれないね。僕は欲しい訳じゃないけど」

「強くなったらやる」

心を強くしろ、などという言葉を俺はきいたことがなかった。心が強くなると強情になるような気がしていた。俺はおとなしくなれ、という言葉ならきき馴れている。しかし強くなれ、と言う言葉は、俺のけだるさを吹っとばし、心臓にパンチをくらわせるような爽快な響きをもっていた。

「雪に埋もれていた物語〈初めての旅〉」

私は実は誰の人生も欠け茶碗だと思っている。健康、能力、性格など、問題を持たない人はいないのだ。

昔から欠け茶碗の一個や二個は、必ず庶民の台所にあるものだった。よく見ると、大きな罅《ひび》が入っていたりするが、長年使っているので、ご飯の糊で補強されているのか、辛うじて割れないでいる茶碗である。

とにかく長年見馴れた懐かしい品だし、今日まで保って来たのだから、今すぐに捨てなくてもいいだろう。ただ欠け茶碗は決して荒々しく扱えない。ていねいに扱えば、何とか命長らえることもある代物である。

人も品物も同じだ。使い方を知れば、最後まで生きる。ささやかながら任務も果たす。この手の配慮ができる能力を、人間の「うまみ」と言うのである。

「人生の原則」

母が私をカトリックの修道院付属の学校に入れたことは、かなり「企み」があってしたことのように私は思う。母は自分を田舎者だと思っていたが、不必要にひがむ人ではなかった。ただ娘には自分が得られなかったような自由な境地を得させたい、と思っているようだった。

自由な境地、というのは、人種にも、宗教にも、階級にも影響されない強い魂のことを言うのだ、と私は察していた。

明快にしなければならないのは、人種に対する差別とか、階級に対する差別とかいうものが、完全に現世から払拭《ふっしょく》されるとは、私も思ったことがないし、母からもそのような幼稚な論理を聞いた覚えはない。それはまるで、悪というものが、教育や意識の調整の結果、なくなる日がある、と本気で信じ込むようなものだ。

平等というものは、明らかに魂の高貴さの結果として目指すものではあるが、決して完全に実現するものではない。

そしていささかでも人間が平等でない以上、そこに必ず差別や上下関係の意識が生まれる。それを悪というなら、私たちはまず正面切って悪と向かい合わねばならない。

後年、それもつい近年わかったことなのだが、日本人が外国人との対比において「差別はいけない。差別をすべきでない」と言う時は、自分を必ず差別をする側に置いているのである。日本人は有色人種だから差別される方だ、と認識する人は、皆無ではないだろうが、極めて少数であろう、と思われる。
田舎育ちの母が、素朴に私に望んだのは、しっかりした宗教的基盤を持ちながら他宗教には寛大であり、自分は庶民中の庶民として育ってもどのような人の前に出ても礼儀正しく脅えず、静かに自分を失わない人間を創ることであったように思う。

「なぜ子供のままの大人が増えたのか」

●「あなたが必要」と言ってくれる場所がある

人というものは、実は誰とも比べられない。だから静かに自分はただ一人と思っていいのである。美点も欠点もすべて自分のものだ。もちろん社会では、欠点を伸ばされると周囲が困るから、美点と言われる特性のほうを伸ばすほうが無難である。しかしほんとうは美点も欠点も込みですべて個性なのである。

「ただ一人の個性を創るために」

人をいじめるという性格は、一つの特徴を持っている。強いように見えていて、実は、弱いのである。「自分は自分」という姿勢がとれない。

弱いとは言っても、病弱なのではない。特に容姿が劣っているわけでもない。子供が病気なのでもなく、夫が失業しているのでもない。強いて言うと、当人に、「特徴」がないのである。

人間は誰でも、何か一つ得意なものを持っていれば、大らかな気分になれるものである。

「人生の原則」

「もしあなたが女性でなかったら」とか「信仰がなかったら」という問いかけをする人がいるが、そういう質問は多分無意味なのである。そうしたもろもろの、先天的な、どうしようもない状況を付加された状態が、誰にとっても「私」というものなので、それを受け入れるのが作家のごく普通の姿勢だと私は思っている。犬が犬として生涯を生きる他はないのと、全く同じことだ。

「堕落と文学」

この頃、人間の権利というようなことがしきりに言われて、それはもちろん大切なことだと思うけれど、私の好みは少し違うことがあるのです。それをあなたたち家族にだけは言っておきたいと思っています。

人間の社会には、二つのルールがあります。

一つは基本的なことです。誰もが、自由に、教育、住居、職業、表現、結婚、医療などを選べる、ということです。つまり差別されず、不当に解雇されず、病気でも見捨てられない、というようなことです。

しかしそれ以上のことがありますね。自分がどういう所で働くか、とか、どういう所で学ぶか、とか、どういう人と結婚するか、とかいうような問題です。

あなたが南山大学を受験した時、あなたは、あの大学が、自分が文化人類学をやるのに、最もいい学校だから選んだ、と言いました。いささか説明足らずの表現でしたが、それはつまり、学校を世評で決めることは嫌だ、ということだったでしょう。難しいから東大を受けるという人もいて、それはそれなりにおもしろいチャレンジの方法だとは思うけど、好きなことというのは、その人にとって多くの場合難しくないことだから、ちょっと目的と外れるのね。

自分が行きたくて、しかも相手があなたを受け入れてくれる所にいらっしゃい。学校があなたを落としたら、それはあなたにとって学んではいけない場所だったのです。あなたが職場で首を切られたら、決して権利を楯にそこに踏み留まろうとして、法廷闘争などやってはいけません。仮に法廷闘争に勝っても、いてほしくないと言われた職場に留まって幸福になれますか？　そういう時間の無駄だけはしないでほしいですね。

人間はどこかに必ず、その人が必要だ、と言ってくれる場所があります。あなたも太一も、そこに行かなければなりません。

「親子、別あり」

●自らの原点を見失ってはいけない

砂漠では、夜になると、皆のキャンプから百歩離れた距離まで遠ざかった。これは昼間でも、人間の実存の感覚を失わせるのに充分な距離であった。もっともこれだけ離れるには、それなりの危険もあった。光源が一切ない砂漠では、いきなり歩き出すと、自分の寝袋がある場所にさえ帰れないのである。砂漠では、自分が歩きだした地点に一個の懐中電灯をおいて、それを目当てに戻らねばならない。そうでなく、当てずっぽうに百歩行ったのだから百歩戻ればいい、などと思ったら、決して自分が出発した地点には帰ってこられない。左右の歩幅が微妙に違うからだろう。必ず方向がずれてしまうのである。

これはなかなか暗示的なことだった。人は自分が歩きだした地点、自分の愚かさの原点、自分の出自の状況、のようなものを決して見失ってはいけないということのようでもあった。

「堕落と文学」

8　親離れ、子離れ

●平凡でありながら崇高な、子どもとの別れ

私は一人の息子が、秀才とはいえないが陽気で独立心のある、つぶしのきく子に育ったことを、心の底から満足している。それでもなお、私は、子供の順調な成長によって、彼と別れることになった。彼は殆んど親の庇護《ひご》を必要としなくなり、すべてのことを自分でやってのけた。乳離れしない子というものも世の中に多いが、子離れしない親の方がどちらかというと多いのではないかと私には思われる。私はもし自分に仕事がなかったら、息子との別れについて悩むだろうと思い、私ばかりでなく、かなりしっかりした自立心のある母親と思われる私の知人たちでさえ、中学や高校生の子供の急激な精神の自立や、息子に愛する女性ができたという現実に出会うと、取り残された淋《さび》しさに激しく苦しむことも、多かれ少なかれ、見て来た。それらは皮肉にも、私や彼女たちの理性上の希望が叶えられたからなのであった。もし、仮に独りだちできない、肉体上の欠陥を持った子を持つ家庭があるとしたら、その両親はいつも、他の家庭を羨《うらや》み、自分の子供に限って一人で暮らせないことを嘆き悲しむだろうと思う。しかしその家（両親）は希望が叶えられてしまった後の目標のない虚《むな》しさに苦しむこ

とだけはない。たとえ一瞬「死んでくれた方がまし」と親に思わせるような子供でも(そういうケースは、ごく少ない)、身のまわりの者に、生きる目標を積極的に与えているのであり、私はそこに宗教的な感動を感じたことが何度かある。

「永遠の前の一瞬」

親は子供が生まれた瞬間から、刻々と別離へ向って歩き出す用意をしなければならない。親が子供にしてやれる大きな事業の一つは、いつか別れることを上手にやってのけることなのである。

子供を教育しながら、しかも最終目的は独立を完成したその相手の前からさりげない形で姿を消すことだ、ということは、実は、常に感謝され自分の与えたものを相手に確認してもらいたい普通の人間関係においては、なかなかできにくいことである。人間が動物ではなく精神をもった人間になった時から、それは却《かえ》って困難になったのである。しかし本当の親の愛情というものは、本来無私の愛である筈である。

教育は不可能と知りつつ教育し、別れることを前提に人間を創る。この関係を見ただけでも、私はやはり幼い時に感じた、この世はろくな所ではないという印象が、改めてほのぼのと思い出され再確認されるのである。

「絶望からの出発」

「毛はなめてやれ。そうすればなめることを知るようになる」というのは、キリストの一番弟子だった聖ペテロの飼っていた猫が言い残した言葉だったと記憶しているが、これなど、今でも真理である。子供は褒めてやれ。そうすれば、褒められるようなことをするようになる、というわけだ。

つまり猫の親は、育児という大事以外何ごともしない。人間が子供に小遣いをやって外に遊びに出し、その間に売春をしたり、子供を車の中に閉じこめてパチンコに興じているうちに夏の車内は気温が上がり、子供が日干しになって死ぬなどということもない。猫は子供を迷い子にすることさえない。人間の母親はバーゲンセールの売り場に行くと買い物に夢中になって子供のことは忘れるので、子供は迷い子になってデパートに保護されるということがよくあるらしいのだが、猫の母親が聞いたら、自分の子供より大事な買い物があるというのは、理解に苦しむところだろう。

それにも拘わらず、猫の母は或る時から、はっきりと子供と別れる、それはボクに言わせると、まことに平凡でありながら崇高なことである。猫の母は、自分が子供にしてやったことを、或る時からきれいさっぱり忘れられるのである。

「ボクは猫よ」

なぜ、世の中の親共は、息子や娘を育て終わったら、彼らから何かをしてもらうのを期待するのをやめないのだろうか、とボクは思う。はっきり言って、子供たちというのは、親の世代などと住むのはうっとうしく、いやなものに決まっているのだ。だから、結婚したり、本当に経済的に独立した子供と住もうとする親というのは、それだけで、子供に我慢を強いていることになる。もちろん、子供の中には、親と住むことが当然、という考えを持っているのもいる。或いはおばさんのように、親を離れた所においておくと、いちいち見舞いに行くのが面倒だから、傍においておけ、という、まことに心のこもらない便宜主義者もいる。

しかし、もし或る人が、本当に「猫の母」ではなく、「人間の母」であろうとするなら、猫のように、育て上げた娘や息子のことは、きれいさっぱり忘れ、自由にし、親面《おやづら》さえしないいくらいのことができるべきであろう。子供を放してやることができないという点では、実に、人間は完全に猫以下だとボクもチンケも思ったのである。

「ボクは猫よ」

●「子どものため」は口実である

私たちは自分たちが子供の上に描く希望が、どのような現実的な局面に直面するかを、あらかじめ、上からも下からも、裏からも斜めからも、考えなければならないのである。

女というものは、私の見る限り実によくばりである。社会的にも認められる仕事で自分も満足できるものを、と望む。結婚の相手を選ぶ時、社会的にも決して損にならない相手と恋愛して結婚したい、という正直な娘さんにいつか会ったことがある。損にならない相手に純粋な愛を持つことは、実にむずかしい。打算が容易に好意に変るからである。しかし純粋な愛は打算ではない。社会的な評価の通りに自分の生涯を規定して行くことが、満足感になり得るという人も多い。しかし、他人の評価をそのまま自分の好みとしようとすると、いつかそこに無理が出てくるのも本当である。

子供のためによかれと思ってしているといいながら、実は子供の人生を、親の挫折した心の救済のために使おうとしている例はかなりある。お父さんがうだつの上らない小役人だったから、子供は官吏の世界で大物に、と願うのは、決して子供のためではないのである。

親が子供に対して、決して常に無私の愛情を注いでいるとは言えない。しかし私は、親は子供を自分の救済のために使っても悪くはないと思っている。子供を乞食《こじき》に出してその金で酒をくらっている親というのは、決して親としていい親ではないのだろうが、子供のためという言葉にすり換えて、自分のエゴイズムを正当化する狡猾な親よりもはるかに正直で安心できる。

何を望むか、とこまかく考えて行けば恐ろしくて何も望めなくなるものだが、それでも親というものは野放図に、始末の悪い無邪気さと恐れのなさで、子供の教育の目標というものを簡単にうち立てるのである。その横暴な圧制をかなり平気で強いているのが、我々親たちの本当の姿だと思ってさしつかえない。

「絶望からの出発」

子供は、自分と同じ考え方をするだろう、と思うのは、大きな間違いのようである。私たち夫婦は、二人とも物ぐさで、昔から本を読むことは好きでも、運動は大して好きではなかった。それが息子はどうしたことか陸上競技に熱中するようになった。私は息子が百メートルを十一秒四とか十一秒一で走るとか言われても、それが早いのか遅いのか一向にわからなかった。アマチュアにしては早いのだと言われても、すぐに支持者にもならなかった。私からみると、普段何時間も時間を浪費しているくせに、一秒の十分の一をあらそってみたところでどういう意味があるだろうという感じなのである。しかし、好きならばやるほかはない。どんなに愚かしく計算の悪いことだと思えても、彼はそれをやるであろう。

諦めが必要なのである。というと、放置するつもりか、と言われるかも知れない。

そうではないのである。つき放すのではなく、自分のではない、別の人生に対しては、じっと見守るのがルールのような気がする。子供のためという口実のもとに、親が自分の満足のために、子供を引きずって行く例を、私は見過ぎて来たのかも知れない。

「あとは野となれ」

親が子にしてやれる最大のことは、子供に期待しないことかも知れない、と西田は思うことがあった。つきつめてみると、自分が死んだ後も、子供が経済的に不自由しないようにしなければならない、とか、立派に自分の仕事の後をついでほしい、とかいうような望み位、滑稽《こっけい》なものはないという説に西田は賛成だった。自分が死んでしまって、もはや、それによって心いたむことがなければ、子供が犯罪者になろうが、金に困ってのたれ死にをしようが、かまわない筈《はず》である。

「わが恋の墓標〈一日一善〉」

母のヒロミに対する家事の躾《しつけ》が、俄かに厳しくなっているのに気がつきました。あの家には常に女中や婆やがいるのですが、その中に混って立ち働いているヒロミを見ると、お手伝いの若い娘より、もっとみじめななりをしていました。

『ヒロミ、きつくないか。あんまりきつかったら、母さんに言おうか』

僕がそう言うと、

『大丈夫や』

とヒロミは石ころみたいな顔で微笑するのです。何故母がそうなったかと申しますと、彼女の完璧癖はますます昂じて来て、一人の力だけでは彼女の望むように外界への好意の網が投げかけられなくなって来たからなのです。彼女はまだ年若い当主（兄の幾生）を守り立てるために、凡《およ》そ一回でも会ったことのある人には、全部に真心を示そう、そしていつかは社長になる兄が仕事をしやすいように本家としての格を保とうとしたのでしょう。母は常に、祝儀、不祝儀の義理を立てるのに追われていました。葬式といっても、少し親しい人なら通夜、葬儀、四十九日、百ヵ日と四回です。一年経てばまた法事、二年目に三回忌です。結婚式、赤ちゃんの誕生から、誰それの子供の入学祝だ七五三だ初節句だ、です。新盆の人もあれば、入院する人もおり、勲章を貰う人もいる。その間に、お茶やお花の集まり、踊りや謡や小唄の会、観能。それらの間に、絶え間なしにお祝儀。お祝いの品々。お花。それからお客。

人間には限度があります。母だって超人ではありません。自然に母はヒロミを助手として手伝わせるようになったのでしょう。それはヒロミを最も信頼していたからなのです。しかし僕の眼から見れば、母はヒロミを犠牲にして、自分に有利な地盤を築き上げようとしたのではないかと思えてならないのです。

「雪に埋もれていた物語〈雪に埋もれていた物語〉」

●幸福を願う単純な原則

この世には、諦めなくてはならないことが、実にたくさんある。できの悪い子供もその一つである。それでも親なのだから、死ぬまで変わらずに幸福を願ってやればいい。単純な原則だと思うのだが。

「私日記7　飛んで行く時間は幸福の印」

●小さな池で死にかけたら、大きな池に放す

「親だって失格者になることもあるさ。責めちゃいけない。只《ただ》その時は謙虚《けんきょ》に敗退すればいい。そして自分の手にあまった子は、社会に放流してやる。鯉《こい》と同じだ。小さな池で死にかかっていたら、大きな池に放してやるといいんだ」

「それで生き返るかな」

「生き返る率が非常に多い」


「太郎物語（高校編）」

●親子の基本は自立

いまだに、老いると子供が世話をするのは当たり前と考えたり、子供に老後を見てもらう予定を立てている親も少なくないようですが、親子の関係も、やはり基本は自立です。

しかし、子供のほうから見ると、警察に逮捕されるような悪事も働かず、自分の老後を子供に委ねようともしていない親は、世間のレベルから考えても、「始末のいい親」を持ったと感謝すべきかもしれません。

しかし、世間には未熟な子供も多いものです。子供から何の感謝もされず、関心も寄せられない、というケースもあるでしょう。その時は、さっさと諦めたほうがいいですねえ。いい年をした子供に今さら要求してみても、改変するものではありません。少なくとも私の好きなのは、捨てるより捨てられたほうがいい。捨てたいという息子や娘なら、捨てられてやればいい。

子育てに失敗したのかもしれないけれど、誰にとってもほんとうのところはわかりません。何もかもわかろうとするのは、思い上がりのような気がします。「為せば成る」と言う人もいるけれど、それも思い上がりです。世の中には、どんなに努力しても報われないことがいくらでもあります。思い通りにならないことだらけです。長く生きてくれば、それがわからないはずはないでしょう。

子供がそんなふうになったのは、もちろんかなりの部分は親の責任、残りは当人の素質。どうにもできないことの一つの事象にすぎない。なんだか知らないけれど、うまくいかなかった、ということであって、別に自分の生涯自体が失敗だったということでもありません。

愚痴をこぼしても、恨んでも、なんともならないのですから、そんなことに時間を費やすのはもったいない。子供の不誠実はきれいさっぱり忘れて、一瞬一瞬が明るく楽しくなる美しいものに目を向けていったほうがいいような気がします。この世ではどんなことも起こり得るのですから、いちいち驚かず、ただ憎しみを最小限度に抑えて暮らす方法を考えたほうがいいですねえ。世の中のことはすべて、少し諦め、思い詰めず、ちょっと見る角度を変えるだけで、光と風がどっと入ってくるように思えることもありますから。

そして、子供が何かいいことがあって知らせてきた時は、よかったね、と喜んでやる。もし子供が犯罪を犯して刑務所に入ったら、出所した夜に、家のドアを開けて招き入れ、お風呂を沸かして、ご飯を食べさせてやる。子供がどうあろうと、それが親の大きな務めだと思います。

「老いの才覚」

「一カ月に一度は、名古屋へ掃除《そうじ》に行ってあげようか」

　母は言った。

「いらねえ。自分のことは自分でするよ」

　答えてから、太郎は尋《たず》ねた。

「母さんにちょっと訊《き》くけど、母さんはどっちかって言うと、本当に掃除に来たいの？　つまりさ、世の中には、息子の世話をやきたくて仕方のない親が一ぱいいるでしょ。だから、僕が《掃除は大変だなあ、洗濯は辛《つら》いなあ》と言ってやる方がしあわせ？」

　信子はいい年の大人とは思えない真剣さで一瞬《いっしゅん》考えこんだ挙句《あげく》に言った。

「手のかかるのは、やっぱりごめんだわね」

「そう」

「やっぱり、ほっとける方がいいよ。私は忙《いそが》しいんだから」

「じゃあ、二人とも意見の一致《いっち》を見たわけだ。でもね、僕、病気になったら来てもらうよ。熱があるのに、一人で起きて飯作るのしんどいもの」

「ぜったいに手伝いに行かない、という訳じゃないけど、一人でやるとなったら、少しくらいの病気でも一人でおやり」

「そうだな。それが独立するってことだものね」

「何が独立よ。お金を親から持って行っていながら、独立も何もないでしょ」

「うん」

太郎は、これでいいのだ、と思った。一見無意味に見える会話だが、親も子も共に、はっきりと見極《みきわ》めるべき時と状態がある。子供がひとり立ちしてくれることを望むようなことを言いながら、べとべとと世話をやきたがったり、親の所からは巣立《すだ》ったのだ、と口先では言いながら、何かと必要があれば、親を使うことを当てにしたりすることは、共にフェアではない。この世に「適当に」などということはないのだ。常にどちらかを選ぶしかない。


「太郎物語（大学編）」

私は早くから妙に大人びたかわいげのない面を持つ一方、或る部分では依頼心の強い娘であった。一人娘だったせいもあるかも知れないが、最終のところでは、親に相談すれば何とかなる、とかなり年をとるまで考えているところがあった。

小説を書き出して、五、六年間は原稿に目を通すことまで母にして貰っていたのである。誤字脱字や筋の通らない所を、母に発見してもらうのが主な目的であった。ところが、これは間もなく私の不安をかき立てた。母がいないと小説がかけないのではないかと思い出したのである。実際には、母が本質的な部分にまで口を出していたことはないし、三島由紀夫氏も、まず第一に母上に原稿を見せていらしたと伝わっているから（もっともこの場合は私と目的が違うが）母親が読者第一号や秘書の代りをつとめるケースはいくらでもあるというので、私はそんなに気にすることもなかったのであった。

幸か不幸か母がそのうちに脳軟化症の発作を起してたおれてから、私は一人で原稿の処理をするようになった。誤字脱字は母がチェックしてくれていた時よりふえたかも知れないが、それは恐らく本質的なことではなかった。小説原稿のチェックばかりでない。着物を作ることから料理をつくることまで、私は総《すべ》て母に頼っていたのである。母の病気も幸いに危機を脱して落ちつくと、私は初めて完全に母から乳離れしたことを祝福したい気持になった。女だから、娘だから、三十歳近くまでこうしてだらだらやって来られたのである。これが男だったら、精神的に奇形になっていたことだろう。

いかなる状況に会っても、何とかしてそれを一人で受けとめて行ける人間を作ること。いつ親に死に別れ身一つになってほうり出されても、どうやら生きて行ける子をできるだけ早く作ること。それが私の場合、第一の、そして最終の目標になった。

「絶望からの出発」

●親に手を焼く子ども

翌朝、やっと母が病院へ行くことになった。

もっと早く行けばいいのに、ちょっと具合のいい日があると、よくなりかけたようだと言っては延期し、また様子が悪くなると、病院へ行くなら、紹介をして貰《もら》ってから、と凡《およ》そ優柔不断《ゆうじゆうふだん》な反応《はんのう》を示して、だらだらと日が経ってから、やっと信子《のぶこ》は腰《こし》をあげたのだった。

「悪くない、となったら、安心して暴飲暴食しろよ。いつまでもお粥《かゆ》なんか食べ続けてたら、悪くない胃《い》でもおかしくなっちまうよ」

太郎は言い、母は、

「わかってる、わかってる」

と言った。だからその日、太郎が、出がけに母に、

「じゃあな」

と言ったのは《本当に行って来《こ》いよ》という意味を含《ふく》んでいたのだった。世話をやかせる、と太郎は思った。親から見れば、子供が世話をやかせるのだと思っているのだろうが、世間的に見たら、親に手をやく子供だってけっこういるのである。それにじっと耐《た》えて、つまり「大人気《おとなげ》」を出しているのが、子供というものなのだ。


「太郎物語（高校編）」

●「リターン・バンケット」の思想

欧米には、「リターン・バンケット（return banquet）」という習慣があります。ど

なたかの家に招待されてごちそうになったら、ご返礼の宴会をする。フランス料理をいただいたからといって、こちらもフランス料理でお返しをする必要はありません。私のように、「ブリ大根しかありませんけれど」というのでも構わない。金額の問題ではなく、もてなしていただいたことに対して感謝の気持ちを表す。親子の間でも、何かしてもらって当然と考えていると、成熟したいい関係にはなれません。基本的に、リターン・バンケットの思想が必要だと思います。（中略）

子供は週に一度、それが無理なら月に一度、それも無理なら春夏秋冬それぞれの季節に一度ずつ、それさえも無理なら年に一度は、義務としてでも親を訪ねる。その時、親もできるだけ家をきれいに片付け、こざっぱりした衣服を着て、自分の体力と収入の範囲で、心のこもった食事を用意する。そして、楽しい話をする。間違っても、愚痴をこぼしたり文句を言ったりするチャンスだと思ってはいけません。

親子にも、やはり慎《つつし》みと、労《いたわ》りと、折り目正しさがいると思います。だからといって、まともな親子ならよそよそしい関係にはなりません。お互いに「忙しい中を訪ねてくるのは、大変だったろう」「年老いても明るい顔をして頑張ってくれているんだ」という感謝と尊敬に変わるのが、成熟した子供と親の関係ですから。

親子だからと気を許して、親はほうっておいてもいい、というものでもない。子供にはどんな弱みを見せてもいい、というものでもないと思います。

「老いの才覚」

●自信を喪《うしな》うのは健康的なこと

この頃、御当人も決して自分が悪い母親だなどとは思えないだろう、と思うような人に出会うことがある。

いい母親なのである。決して私のように子供をどなったり、かっとして喚《わめ》いたりしない。夫に食ってかかるということもない。子供に対してもいつもやさしい。寒い時は率先して早く起き、家庭料理がうまく、すべてに誠実である。

そうなると子供は、どこよりも家の中が居心地よくなる。そこには、子供の神経をじかに素手で逆撫《さかな》でするような人は一人もいない。そこで、子供は出て行かなくなるのだ。はじめは友人を作らない。そのうちに学校へも行きたがらなくなる。

子供を登校拒否症にするのは主《おも》にこういう母親なのである。一人前の知能や体力を持った子供を、それ相応に信頼し、世の中と戦わせることをしないでおく。母親のまちがった教育の結果なのである。

おそらく心理学的にも、このようなよい母親の意識下には、子供をいつまでも自分の保護のもとに置きたいという欲望があるのである。つまり、その母親は子供とうまく別れることができないのだ。(中略)

母親は子供に対して、本当に小さなことをしてやって来たにすぎない、ということを心に銘記すべきなのである。

家にいてやって、なんとなくほのぼのとした思いにしてやること。ヒステリーをおこして、子供に「ちぇ、女ってしょうがねえもんなんだなあ」とあいそづかしをさせること。おとうさんが浮気をすると、その裏切りに対してくやし涙を流すこと。そのようなささやかな、それでいてひたむきな生活に対する態度を示すことだけが、子供に、ある切実な刺激を与えることはまちがいない。

しかし、母親がいかに望んでも、子供の性格や能力を本質的に変えることはできないのである。その点でこそ、私たちはどれほど、自信を喪失しても、しすぎるということはない。

しかし、そのほかのことでは、私たちはそうそうに自信を喪《うしな》うことはいらない。

本当の友人の間柄《あいだがら》というものが、お互いの美点ではなく欠点を愛するものであるように、子供の多くも、母親のダメなところをけっこう愛してくれるものなのである。ただその際、母親自身に、かなり厳しい自己批判があることもまた大切なのだが……。

おっちょこちょいのおかあさん。眠がってばかりいるおかあさん。お料理で失敗ばかりしているおかあさん。算数のできないことをゴマかしているおかあさん。そのような母親を見る時、子供たちはむしろ、こんなダメな親だからこそ自分がなんとかしてやらなければならない、と子供心にも奮《ふる》い立つ。

もしそのような弱点を親が見せなかったら子供はどうなるだろうか。子供はいつまでも「便利な」親から離れようとはしないだろう。親はいつも寄るべき大樹の蔭《かげ》となり、子供は、いくつになっても、自分の力で他人のために何かをなすという気持ちを持とうとはしない。

むしろ、私たちは、子供の将来を我が手で決めてやれるように思って自信に溢《あふ》れている時こそ、危険なのである。

自信を喪うということは、前にもいったように、きわめて健康なことである。心配になったら、隣近所、親戚《しんせき》のところを、おろおろして歩けばいいではないか。そのうちに、世の中にはいかにさまざまの考え方があり、そのどれをとっても、けっこうなんとか生きて行ける、ということを悟るに違いない。

その間に子供も親も共に、本来持っていた生命力をとり返す。それでバンバンザイである。

「永遠の前の一瞬」

8　親離れ、子離れ

出典著作一覧（順不同）

【小説・フィクション】

「太郎物語（高校編）」（新潮文庫）
「太郎物語（大学編）」（新潮文庫）
「二十一歳の父」（新潮文庫）
「ボクは猫よ」（文春文庫）
「一枚の写真」（光文社文庫）
「ブリューゲルの家族」（光文社）
「花束と抱擁」〈むなつき坂〉（新潮文庫）
「花束と抱擁」〈かな女と義歯〉
「花束と抱擁」〈隣家の犬〉
「わが恋の墓標」〈一日一善〉（新潮文庫）
「雪に埋もれていた物語〈初めての旅〉」（講談社文庫）
「雪に埋もれていた物語〈狼が来た〉」
「雪に埋もれていた物語〈雪に埋もれていた物語〉」
「無名詩人〈路傍の芹〉（講談社文庫）

【エッセイ・ノンフィクション】
「人生の原則」（河出書房新社）
「生活の中の愛国心」（河出書房新社）
「幸せは弱さにある　いまを生きる「聖書の話」」（イースト・プレス）
「堕落と文学」（新潮社）
「私日記7　飛んで行く時間は幸福の印」（海竜社）
「絶望からの出発」（PHP研究所）
「ただ一人の個性を創るために」（PHP文庫）
「なぜ子供のままの大人が増えたのか」（だいわ文庫）
「働きたくない者は、食べてはならない」（WAC）
「この世に恋して」（WAC）
「人間の基本」（新潮新書）
「二十一世紀への手紙　私の実感的教育論」（集英社文庫）
「親子、別あり」（PHP研究所・三浦太郎氏との共著）
「老いの才覚」（KKベストセラーズ）
「永遠の前の一瞬」（新潮文庫）
「あとは野となれ」（朝日文庫）

曽野綾子（その　あやこ）

1931年9月、東京生まれ。聖心女子大学卒。

幼少時より、カトリック教育を受ける。

1953年、作家三浦朱門氏と結婚。

小説『燃えさかる薪』『無名碑』『神の汚れた手』『極北の光』『哀歌』『二月三十日』、エッセイ『自分の始末』『自分の財産』『揺れる大地に立って』（小社刊）『老いの才覚』『人間の基本』『敬友録「いい人」をやめると楽になる』など著書多数。

扶桑社新書　138

親《おや》の計《はか》らい

2013年6月1日　初版第一刷発行

著　　者……曽野 綾子
発 行 者……久保田 榮一
発 行 所……株式会社　扶桑社
〒105-8070　東京都港区海岸1-15-1
電話　03-5403-8870（編集）
03-5403-8859（販売）
http://www.fusosha.co.jp

印刷・製本……株式会社　廣済堂

定価はカバーに表示してあります。

造本には十分、注意しておりますが、落丁、乱丁（本のページの抜け落ちや順序の間違い）の場合は小社販売局宛にお送りください。送料は小社負担でお取り替えいたします。

本書のコピー、スキャン、デジタル化等の無断複製は著作権法上での例外を除き禁じられています。本書を代行業者等の第三者に依頼してスキャンやデジタル化することは、たとえ個人や家庭内での利用でも著作権法違反です。

©2013 Ayako Sono　Printed in Japan
ISBN978-4-594-06819-6